一得集

刘美贤 著

深圳出版社

图书在版编目（CIP）数据

一得集 / 刘美贤著 . -- 深圳：深圳出版社 , 2025.
4. -- ISBN 978-7-5507-4264-2

Ⅰ . I217.2

中国国家版本馆 CIP 数据核字第 2025M6Y991 号

一得集
YIDEJI

策划编辑	韩海彬
责任编辑	杨跃进
责任技编	郑　欢
责任校对	莫秀明
	张丽珠
装帧设计	张忠阳

出版发行	深圳出版社
地　　址	深圳市彩田南路海天综合大厦（518033）
网　　址	www.htph.com.cn
订购电话	0755-83460239（邮购、团购）
印　　刷	湖南省众鑫印务有限公司
开　　本	787 x 1092mm　1/32
印　　张	6
字　　数	100 千
版　　次	2025 年 4 月第 1 版
印　　次	2025 年 4 月第 1 次
定　　价	48.00 元

目 录

序

聂雄前

刘美贤先生是我30多年的朋友。1988年4月我提前分配到湖南省文联，一年后省文联和省作家协会分家，刘美贤成为省作协党组成员兼协会秘书长，我到了省作协创作研究部。因此，严格意义上讲他是我的老领导。30多年前，刘美贤年轻英俊，风流倜傥，活力十足，湖南作为全国公认的文学强省，秘书长的岗位真可谓炙手可热。无数的文学女青年为加入省作协差不多踩烂了他办公室的门槛，而他的精力全用在跑地和建楼上，仅仅一年多时间就在长沙市北区上大垅东风二村建成了一个由两栋楼组成的小院子。在拿地到建成的过程里，刘美贤大概一个季度带我们去一趟，第一次去那里还是一个菜园子，记得《湖南文学》主编悲壮地说过，"大家都知道，湘西是中国的'盲肠'，要我说这鬼地方就是长沙的'痔疮'，省委、省政府太不重视作家了……"一群人哄堂大笑。刘美贤有点急了，指着西边，"100米就是正在修的芙蓉大道"；指着东面，"10分钟就是烈士公园西门"。然后就总结，"不超过5年，这里就是中心的中心！"他的话提早实现了，一年多以后，住在逼仄的八一路省文联大院和散落在长沙市各处的小平房和筒子间的作家们，都住进了前所未有的大房子，像著名诗人未央、石太瑞、于沙等，著名作家谭谈、孙健忠、张扬、肖建国、水运宪等，著名诗评家李元洛等，都住上了大四房或大三房，刘美贤也分了一套4层的大三房，新婚不久的我也住上了6层的大二房。好像房子当时有些超标，以作家在家写作不安排办公室为由多争取了10平方米，虽小有批评，但整个院落都沉浸在欢欣鼓舞的幸福气氛里。

刘美贤从20世纪70年代末起就从事文学编辑工作，头脑聪明，办事认真，关系广泛，结交大方，一直是充满激情的文化活动家和严谨踏实的报刊图书出版人。他没有入住自己建好的房子就来了深圳，那是1991年。而我在1992年底因生活拮据也来到这里，目睹了他不屈不挠的奋斗。调来时深圳市文联给他安排了职务，他未到任，说是想当官就不会离开湖南了，非得干"替人作嫁衣"的老本行，只好另谋他就。他短暂主持过《金融早报》的编辑工作，尤其是创办了中国南方第一份真正意义上的新闻周刊——《深圳周刊》，并做得风生水起，被评为广东省优秀期刊工作者。其时网罗的一批办刊俊彦，如冉小林、王绍培、庞贝、左力、何鸣、李迪、杨勇……至今仍是深圳各文化领域的代表性人物。他成功申办了深圳报业集团出版社，令业界瞩目，担任总编辑期间出了不少好书。他主办过《深圳特区报·市民论坛》，为专栏撰写"主持人语"，获得广东省新闻专栏一等奖；还筹拍过电影《章亚若》，想为两岸文化交流创造契机……有成功有失败，但在我心目中他一直是筚路蓝缕、以启山林的形象。他身边的朋友大多有共同的疑惑：以他的能力和才干，以他的关系和资源，为什么就不去搞房地产呢？为什么就不去当公务员呢？他的回答只有两个字——热爱！执着得退休后仍旧乐此不疲，先是报业集团返聘他主编杂志；而后北京返聘，邀二三同好者策划选题，深掘中道、中医传统文化，每年都有十来本图书编辑出版。而正是像刘美贤这样的文化人的热爱和实实在在的坚持，让深圳从国人眼中的文化沙漠很快变成了文化绿洲。市民文化权利的实现，城市精神空间的拓展，企业创新意识的勃发，一定是文化人热爱和坚持的副产品。

坦率地说，收集在刘美贤先生《一得集》里的作品，十多种文类各选其一，我以前并没有全部读过。但拿到这部书稿时一看目录，前两篇便在我的记忆中留有深刻的痕迹。小说《阳光与阴影》是新时期伤痕文学、反思文学之后冒出的一个颇具新意的文学样本，和改革文学的代表人物蒋子龙的作品《乔厂长上任记》一样，注意到了改革开放过程中的艰难，人物塑造具有独特的南方韵味，不经意间的批判锋芒直指官场积非。这部小说在《湖南文学》发表后迅即为《小说月报》转载,当年引发了一场不大不小的讨论,被收入《湖南新时期10年优秀文艺作品选·小说卷》。评论《历史悲歌又一曲——读长篇历史小说〈辛亥风云录〉》,是任光椿先生专门寄给我读的。任老于我有大恩,在我的一篇评论文章受到批判和围攻时,他正在湖南省文联执行主席的重要位置上,他用毛笔给我写了五页纸的信,开解我声援我。他把刘美贤写在《光明日报》的大作寄给远在深圳的我,表明了他对这篇评论的看重。而我在读了这篇评论之后,充满对任老的愧疚:《戊戌喋血记》《辛亥风云录》《五四洪波曲》是新时期历史小说的开山之作和样板之作,是唐浩明、二月河先生均认为"受影响很大"的名著,作为湖南本地的专业评论人员却未开单篇专论,直至今天我都引以为憾。

印象深刻的还有一部凤凰专题片《我的中国心——杨小凯》,是他退休后选题组织的人物访谈,因其妻兄的关系,知人论世,显示出杨小凯先生"为天地立心,为生民立命,为往圣继绝学,为万世开太平"的胸襟。遗憾视觉影像作品不便收录书中。感谢凤凰卫视精心摄制,通过杨小凯在长沙一中的校友、建新农场的狱友、刘道玉老校长、美国、澳大利亚的同学、同事和一批当代经济学名家的讲述,勾勒出一个时代的巨大隐痛,也凸显出杨小凯短暂一生中上下求索不屈奋斗的中国心。在凤凰卫视的数轮播出过程中,尤其是看到杨晖大姐的讲述,我多次流下热泪。我想,就凭这部作品,就凭刘美贤夫妇对《杨小凯学术文库》和纪念集《站在经济学的高坡上》的悉心整理和尽力推出，在我心目中就已经足够高大伟岸了。对杨小凯而言，有亲如此，夫复何求！对我而言，有友如此，夫复何求！

30多年来，我们生活在同一个城市，有事时逢山开路遇水搭桥，引颈相呼；无事时不咸不淡不紧不慢，各奔生计。我教会他打拖拉机和三打哈，让他添了许多快乐也输了许多钱，我很高兴；他给我帮过许多忙，开过许多窍，他很高兴；我常常劝他脾气要平和些、性子莫急躁，杨晖姐很高兴。因此，当他商询要我写几句话放在他大作的前面时，我毫不犹豫地答应了。因为我扫了一眼书名，就看到了他的诚恳和谦虚，这是岁月送给他的礼物!《一得集》，愚者千虑，必有一得。能够让傲骄的、聪明的刘美贤先生取一个这样的书名，只能是岁月的赠予了。骄而不满，他常说。

权为序。

2024年仲秋
（序者为深圳出版集团总编辑兼深圳出版社社长）

阳光与阴影

　　新购进的皇冠轿车实在开得平稳，而坐车人古明的心却像颠簸在烂泥巴路上。昨天上午，市委通报：高级人民法院终审核准，市二轻局原党委书记兼局长俞洪标，因多罪并罚，被处以死刑。这是一个大案，群众早有揭发，迟至今日才得到处理，作为刚卸任的市委书记，当然有着不可推卸的责任。离职后，古明的组织人事关系都转到了老干所，第一次参加所里的会议，理应是个欢迎会，谁料市委布置讨论一个这么严肃的问题 —— 对俞案有关的人提出处理意见。唉！伍子胥过昭关，关云长走麦城，人家离休一个个捧着鲜红鲜红的光荣证，而古明，却同猩红猩红的血污连在一起。烦躁！坐车人的臀部挪来蹭去，半天也没有在坐垫上找到最佳点。他显得那么心绪不宁。或许，还夹杂点负罪的沉重感。

　　轿车驶进老干部休养所，径直开到一块草坪前。"欢迎、欢迎,古明同志。"古明刚下车,传过来一声厚重的男中音,语调不慌不忙,不紧不慢。

发话人是老干所陈所长,一个40来岁的中年人。

古明仔细端详这位会议主持人。展现在他眼前的是一张中年男子憨厚的笑脸。这笑容由下颌发端,微微翘起嘴角,露出几颗洁白的牙齿,然后柔和地牵动眼角细密的鱼尾纹,缓缓漾进一对清澈的眼潭,不卑不亢地停留在那里。笑是心灵的窗口,陈所长不是那种落井下石的得志小人。这个眼光古明有,将近70岁的人了,从心所欲不逾矩嘛!当然人有失手,马有失蹄,那俞洪标也是古明当年看中的。不过,那时他还只有50多岁,差着到"耳顺"的那把火。不知怎么的,古明又想到了俞某,思绪似乎飘进了惑惑然愁云里。过了好一阵,陈所长才提醒他:"古明同志,人都到齐了,在那儿等着了。"

"啊……啊……"古明从沉思中惊醒,突然感到身上暖融融的,"今天的太阳好暖和哦!"礼赞太阳的同时,他顺着陈所长的手势望去,草坪中央的琉璃瓷桌上,大大小小的橘子在阳光的照射下闪着金色的光泽,与绿色的琉璃瓷桌面交相辉映,浮光泛彩,煞是富丽堂皇。桌旁站着三个老头,都是先古明而退休的老干部,当然也是他过去的同事和下属,此刻正一字儿排开,垂手站立,恭候他的莅临。古明心头掠过一丝快感,一种失却了多日的快感,朝着桌旁空着的藤椅大步走去。

"古明同志,那儿正对太阳,易得坏眼睛,坐这边吧!"古明正欲入座,陈所长顺势把他引到背阳的一面坐了下来。跟着便是一阵竹藤椅吱吱呀呀的声音。众人互道寒暄,剥皮吃橘子,不知不觉周身上下暖和起来。冬天的太阳晒泡了棉花,穿透了毛衣,刺激着皮肤上的每一个毛孔,暖融融,痒翁翁,仿佛置身于一口巨大的浴缸里,舒心惬意,妙不可言。哪像先前冬天里参加的会议,总是关在阴冷的屋子里开。一幅纱窗,一层玻璃,一道纱帘,一匹绒布,把个光亮遮得严丝密缝;烧上一炉火,煤气熏人,再加上抽烟的,烟雾腾腾,令人反胃。怎么就没有想到冬天的太阳呢?到底是陈所长眼光开阔,古明想。

趁着大伙品尝南橘的当儿,古明环顾了另外三个老头儿。"都老了!"古明喃喃自语,轻轻的,右边的那位瘦老头,刘副市长,南下时跟古明一道进城的,只30多岁,好像还小他岁把,那时多干练、多精神,又是高中生,他们那帮人中少有的知识分子,进城不几天,就找了个漂亮姑娘,谁不羡慕得要死。可如今,一片橘子放在口里老半天,两片瘪嘴唇抿上抿下,就是不敢吞,仿佛一使劲,刀背状的喉结就会划破脖颈似的。自然规律真是残酷无情,古明的右手无意识地伸到自己的头顶，捋了捋稀疏的白发，颇有些悲天悯人之感。另外两位稍年轻些，一位叫田新，外号叫"青天"，从公安局干到监委，而后是纪委副书记。一生无烟酒嗜好，就爱哼几句河北梆子，离不离就是"包龙图打坐在开封府"。办了一世案，就是没有整掉俞洪标。这当然与他古明有关，胳膊没拧过大腿。当时要是听了田新的就好了，也不至于落到今天要给处分。等着田新剋几句算了，人家是事前诸葛亮嘛。跟田新交头接耳的是工会主席张长茂，两人叽叽咕咕地谈什么，哦，是了！一封告状信，反而告掉了党委书记的乌纱帽，戴到了被告人俞洪标的头上，明升暗降，调任市工会主席。张长茂面对阳光而坐，陈所长不是说易得坏眼睛吗？你看看，太阳晒得你满脸通红，眼珠充血，一副要发火的样子，拣上这么个位置，怕么就是要跟我古明面对面地干一场。这个该死的俞洪标，这个赶不走的阴影。

也是这时候，陈所长以会议主持人的身份发表了一通简短的演讲，他首先对古明第一次出席所里的会议表示欢迎，认为会对所里的工作有所推动。说这层意思，他只用了十来句话，既无廉价的颂扬溢美之词，又使人感到热情、诚恳。"为此，准备了一点橘子，以橘代茶，清茶一杯。"说着，从桌上拿起一个，"当然，白吃不好，以后再算账吧，反正大家不在乎这几个钱。"几句话，说得句句在理，大伙连连答道：

"那当然,那当然。"稍微停顿了片刻,陈所长收敛憨厚的微笑,语调略沉重:"还有件事,就是俞洪标一案,报上都登了,大家也看过了,很详细。市委通知各单位组织讨论,结合案件总结教训。同时,还要议议初步意见,对涉及单位上的有关同志,先提出个处理意见。"

主持这样的会,也太难为这位芝麻官了。在座的人,哪一个不曾叱咤风云,在自己管辖的领地里呼风唤雨?虽说如今退休了,瘦死的骆驼比马大,你个虾蟆子惹得起?陈所长在市机关工作了上十年,这四人之间的关系他稔熟的,这四人之外的盘根错节的关系他也知底。果真,"处理"二字一出口,尽管是轻轻如一丝烟,在座的人还是谁都听清楚了,刘副市长抿来抿去的两片嘴唇,突然不动了。两位交头接耳的人也停住了谈话,空旷的草坪上寂无声响,连跳跃啄食的雀儿也悄悄地飞走了。

"那就古明同志先讲讲吧!"好了,难耐的沉默终于打破,指名道姓,单刀直入,到底是纪委的,青天!陈所长松了一口气,情绪陡然高涨。"吃橘子,吃橘子,边吃边谈。"陈所长连连吆喝,顺势推了个蜜橘到古明面前,"这是无核的,不要吐籽。"

古明微微摆了摆手,示意不想吃,缓缓地说道:"我是有责任的,那一年,田新同志告诉我,女工马巧莲控告俞洪标强奸她。我没重视，只找他谈了一次，他说是女方勾引的，我想是一般生活问题，也就没有追究了。要是顺藤摸瓜，或许能早些查出这方面的问题。"

"我还揭发过俞洪标是'三种人'*，还有贪污嫌疑，写过材料。"张长茂插上一句，颇有些愤愤然，"不知怎么搞的，古明同志总是向着他，认为我俩在闹矛盾，要搞好团结。"

会场气氛骤然紧张起来。古明知道，张长茂对他有意见，何况说的又都是事实。

"很难说向着他咯。"刘副市长一直没说话，好容易吞下了一片橘子，才慢条斯理地说话，打圆场，"老古原来根本不认识他的——"

是呀，这正是古明前半晌冥思苦想的事，他们怎么认识的呢？就像清理一堆乱麻，线头在哪里？市委办公室。不对！……在家里。也不对！古明摇了摇头。

张长茂可没有摇头，而是满脸愠色地点头不赢，像鸡啄米似的，瞄准目标，准确、有力。"怎么不认得？人家救过他的命。"转而又奚落道，"知恩不报非君子嘛！"

听了这讥讽嘲弄的语句，老头子们都懵了，一个个如入云里雾里。谁都知道，张长茂此刻说出来的话意味着几斤几

---

*三种人：指"文革"中造反起家的人、帮派思想严重的人、打砸抢分子。

两。过去，都把他看成个随人捏弄的泥人，好对付。哪知，火候一到，泥人炼成了铁金刚。也难怪，窝了十几年的火，喷出来当然不秀气。张长茂直逼道：

"那天——夜晚——是不是俞洪标？！"

"哪天？"刘副市长和田新齐声反问。

"老古知道吧。67年。二轻局。车库。"张长茂居高临下，用语简洁、短促，似叙述，似提醒，"我和老古被局里造反派揪斗后，关在里面，漆黑一团，又饿又渴。"

古明的记忆像一台被搁置已久的机器，一经润滑，也猛然启动开了。他愣着两眼，眼前立刻叠映出当晚的情景：夜深了，门外锁响，窜进来一条黑影，看不清面孔，分不清高矮，唯见来人胸前挂着的一枚夜光领袖像章，在黑夜里熠熠闪光。

"进来了一个人吧？"张长茂接上自己的话，问古明，但又显然根本不需要古明回答，"走近你，背起你，拔腿往外跑。我越看越疑越觉得像俞洪标，是的吧？"

古明咬着牙，微闭着双眼，缄默地点了一下头。点得那么艰难，那么痛心疾首。然后睁开眼皮，久久注目于张长茂的胸前。在那里躺着七根至今尚未痊愈的肋骨，他多想用自己忏悔的目光烫平那痛苦的伤口，弥合两人间感情的裂痕。

7

同时,他也记起来了,那晚刚一出车库门,古明曾焦急地用微弱的声音呼喊过:还有老张……可来人置之不理,直到钻出了围墙的墙洞后,才吼道:"少管闲事!想陪他一起讨打啊!咱们省里头头发话了,要你进市革委。"后来知道,张长茂就是在当晚被打得七死八活,落下了这身残疾的。张长茂揭发,凶手有俞洪标,古明哪里肯相信。救人与打人太难统一了,就像冰炭不同器,寒暑不兼时。

这是古明心底的秘密,天知、地知、你知、我知,也是他平生不甚光彩的一页,一壶没有烧开的水。他要极力忘掉它,倒掉它,随着记忆的衰退,古明也确实忘掉它了。然而,这秘密又是那么神秘,不知不觉地发酵着,像酒曲一样,曲已经没有了,酒味却散发在空气里。他深深地卷进了市里两派的斗争,俞洪标也入了党,由一个普通干部升为科长,而副局长,而副书记,而局长,而书记兼局长,一手筑起一个独立王国,犯下了罄竹难书、死有余辜的罪恶。

随着这痛苦的回忆,古明的声音越来越哽咽,衰弱的心脏承受不了这记忆长河的决堤,他要堵上,他没有勇气讲出结论来,只能暗暗地叩击着自己的心扉:多么可怕的交易啊——肉体与罪恶!

这是一段令人感到意外的叙述。尤其是从一位身居高位的年迈长者心田里流淌,远远超过了人们的预料。就像重新剖开胸膛早已愈合的伤口,将一切袒露在人们眼前,难怪那声音带着一种胸口绞疼般的喘息。冬天的太阳停住了它缓慢移动的步伐,被一片飘过来的阴云遮住了光辉。空气冷却了,凝固了,宛若一面绷得绑紧的大鼓,只要谁轻轻一弹指,鼓皮就会"嘣"地四分五裂。

"休息一下吧!"陈所长恰到好处地调节了气氛,"吃橘子,吃橘子……'后皇嘉树,橘徕服兮。受命不迁,生南国兮。'吃呀吃!屈原说的正是这南橘。"绝妙的提醒,高雅的调侃,唯有这"精色内白""圆果抟兮"的橘汁,才能稀释沉闷的空气,冲淡心里郁抑的积淀。陈所长还提议:古明同志是第一次来,到处转转看看吧。其他几位多次光临过,就晒晒太阳,吃吃橘子好了。

离休干部的第一个任务就是健康长寿,这是上面的要求。颐养天年,先要有个好的住所。市中心显然不行,太嘈杂,喧嚣,再说也找不到一块可以重整山河的地皮。郊区也不行,生活设施一时跟不上,买个东带个西的不方便,惹得人心烦气躁,据说老年人又格外容易上火。前任市委为地皮的事伤透了脑筋,后来还多亏这位陈所长,看中了市、郊区交接处的一口大水塘,填平半边盖宿舍,依水筑房,巧夺西湖之趣。古明在陈所长的陪同下,跨出移植的草坪,踏入鹅卵石铺成的小道,越过水珠四射的鱼池,穿进人工搭制的仙人洞,走完一栋栋两层楼房,来到了明镜般的水边,冬日的太阳照耀,水面闪着粼粼波光,隐隐送来一蓬蓬暖气。古明心情为之一振,容光焕发。真是难得的人才,不出一年,把个烂水塘打扮成如花似玉的仙境。他两眼转向陈所长,眼眶里荡漾着欣赏的目光。注目瞬间,古明忽而弓下腰,又支起肩,浑身活动了一下,觉背上有毛毛汗数粒,两手一伸,就势想脱下大衣。

"不行!不行!"陈所长制止道,语气坚定,"河风最伤人,会感冒的。"不等落音,双手按住了古明的肩膀,动作儿近于鲁莽。

古明感激地望了一眼陈所长,手不由自主地伸进口袋,掏出一根香烟,慢慢划燃火柴,眯着眼,聚精会神地把火苗对准烟头。陈所长跑前一步一口吹灭了火苗,伴随特有的憨厚的微笑:

"戒了吧,吸烟有百害而无一利,报上天天讲,尤其是老年人。"

"老习惯咯戒不掉了。"

"以前是忙得晕头转向,抽烟提神,现在是要养神,就要戒掉烟,多吃点补品。"陈所长正说着,传来了古明连连咳嗽声,"是吧,又咳了。"

"难啊——难啊。"古明喘着气,叼着烟,摇着头。

"以后搬进来住,有我监督,包戒。"

"那好啊,好啊!"古明高兴得像个孩子似的,一把摘下口中衔着的烟卷,扔进了水里,话跟着多起来了:

"只有那个孽障,每每进屋总是带一两条烟来,说是刚生产的牌子,说是请领导试抽,给钱又不要,害得我烟瘾越来越大,要是早戒了烟,也不会……"

"犯不着为他生气了,"陈所长愤愤不平地接上了话头,"我们党内就是有那么一班人,吹牛拍马,阿谀奉承。你今天有权,把你捧得像月亮;他明天有权,又把他捧得像太阳。谁的大腿粗,就抱谁。一切都是为了往上爬。有朝一日你没权了,他走错了路也不会上你家的门。不是听说,有的老干部离休了,用车子都喊不动,门庭冷落车马稀。"

愤世嫉俗,说得古明连连点头:"是呀是呀,就是这个'权'。"古明一字一顿,若有所思,忽然,像发现了什么真理,"老陈呀老陈,要是把这个干部任命的权力不放在上面怎么样?"

"放在哪里呢?"陈所长微笑着反问道,"民意测验,试了;群众推荐,用过;投票选举,一样;不管用什么方法,最后还得由领导拍板呀。在目前的情况下,作为个人,只能洁身自好，不随波逐流，像屈原说的那样，'苏世独立，横而不流兮'。"

顿时，一个高大的形象耸立在古明的眼前，犹如这冬天的太阳一样，把自己的光和热无私地奉献给大地，而从来也没有想到向我们这颗幽蓝色的星球索取什么回去。以前，怎么没有发现这么好的干部？古明颇感相见恨晚。他的言谈，他的举止，也多像是这冬天的太阳，使人感到又温暖又不灼人，格外地可亲近。人与人之间一旦建立了这种关系，一切都变得轻松起来，刚才会议上从脑子里闪过的警醒、反思、负罪感，此刻早已丢到爪哇国里去了。

两人亲密无间，无所不谈，行进在返回草坪的路上。首先又得穿过一幢幢两层楼房。这是刚竣工的老干宿舍，还没有住人，空空的房间散发一股股浓重的油漆味。时下有几句口头禅：到处是三难，调资、定级加分房。凡夫俗子每每看见老同志住得舒适宽敞点，免不得啧啧称羡，殊不知明里暗里也要拼搏一番呢。用句时髦话——"档次"——高一点而已。眼下陈所长就为这一溜房子伤透了神，暗示的，说情的，打招呼的，弄得房子分配一览表造了又撕，撕了又造。总不能像老百姓那样，按年龄、工龄、职务、资历、人口……来一个综合打分，公开评议，如此太有损形象。而只能悄悄地进行，又让人人满意。能住这里的，谁都是老一辈，加之也是一房定终身,弄不好就会记恨你一辈子。可房子总有楼上楼下、当阳背阳、距离远近,任何些微的差别就够那帮家属们评头品足议论半天。尤其是最后那一栋,因左侧地形的缘故,足足小了7平方米。给谁呢,张长茂比起来职低资浅,哪知刚征求本人意见,便显出几分不愉快,幸亏陈所长转弯快,说再想办法,才免了个不欢而散。真是天赐良机,何不趁此机会探探古明的口气呢?或许……

陈所长漫不经心地指了指那幢房子,半开玩笑半认真,问:"您搬这一幢怎么样?"古明用心看了一眼,又斜斜眼,比比其他几幢。

"古明同志觉得小些吧?"陈所长有的放矢,"其实,有的人住房只想挑大的,那不干脆住礼堂好了。"陈所长笑了笑,"这幢房子才舒服呢,冬暖夏凉。古明同志家里人不多,就老两口。哦,还有个儿子,在……"陈所长停顿少许,"在——外地,携家带口回来也住得下。"忽而,语气饱蘸着赞扬,"古明同志住小的,谁还敢争大的啊!"听口气,似乎房子已经这么定了一般。

陈所长一番话,确实扇起了古明许久不曾有过的权威感,谁不承认这一点,古明毕竟是一把手嘛!陈所长窥探出古明心里有了些松动,马上抓住战机,自言自语地补上一句,"这房子原准备给张长茂同志……"他把后几个字说得很亲切,又很有些杀力,眼角辅之以一丝狡黠。

古明思索了片刻,毅然下定了决心。

"好!就按你的办,搬!"古明甩开了双手,作出了决策的手势,这是他不久前经常使用的动作。然后一手搭在陈所长的肩上,那是亲昵的表示。陈所长拼命吁了口气,跟着,两人哈哈大笑了一番。陈所长要古明先走一步,他再去背些橘子,就来。

太阳快升到头顶了,晒干了草坪上的露珠,驱走了早晨的清冷,丢在琉璃瓷桌上乱七八糟的橘子皮,微微冒出轻烟似的水蒸气。刘副市长解开了从不轻易松开的风纪扣;一顶蓝呢帽胡乱粘在张长茂的天灵盖上;田新最怕热,干脆把棉衣脱了扔在草地上。陈所长捏起一块最大的橘子皮,当抹布用,三下五除二,几划拉,把桌上的果皮屑统统扫进了竹篓里,琉璃瓷桌重新泛出绿油油的光亮。陈所长这一组动作,几乎是伴着欢快的旋律一气呵成的。

"啥事?这么高兴。"田新浓重的河北梆子腔。

陈所长卖了个关子,吐出了一个字:"猜!"

众人面面相觑。

"房子!刚才古明同志看了房子,老领导姿态高,人少住小房,要下了最后那一栋。"陈所长眉飞色舞,颇有些失态，"下个星期大家都可以搬新房咯！"说着朝张长茂暗暗送了个眉眼。

"好的！"众人异口同声。唯张长茂惊讶地看着古明，种种莫名的情绪浮上心头，却又说不出个所以然来。

"来来来，不谈房子了，吃橘子。"陈所长转换话题，从刚背来的篓子里，捧出一堆红色的果子来，"刚才吃了橘子，大家再来尝尝柑子，橙子。不是本地货，从外地搞来的新品种。"他顺手拣起一个，"小的，只鸡蛋大，像槟榔，所以叫槟榔柑，吃吃就知道味了。"说着从裤腰上取下一串链子，叮叮当当悬满了钥匙之类的玩意儿。陈所长弹开小刀，对准"鸡蛋"，一刀两半；再一刀，翻两番。如此这般又切了几个，五个人便都能得到几瓣了。"不要像橘子那样剥皮——看！"他拿起一瓣，大家跟着学：用食指和拇指掰平，宛若托起一叶满载货物的小舟；拇指在舟的两端划出一线，食指随即插入，扩大空隙；把小舟直着盖住嘴面，张开牙齿，下齿往上刮，上齿往下刮，合口。行了。陈所长一边演讲一边示范，现身说法，四位老人就像小学生上手工劳动课一样用心、贯神。接受能力虽有快有慢，鲜嫩的橘瓣还是都送到了口里。

"好吃！好吃！"田新嘴角溢出一串橘水。

"一丝丝的肉，不像橘子一把稀的。"

"陈所长的橘子吃到了家。"众人调侃着，品尝着，洋溢着轻松、快乐的气氛。

"还有一种更有味。"陈所长又举起一个硕大的橙子，指着蒂巴给大家看，像是把玩一件稀世珍宝，"蒂子像什么？"

"嘿嘿……"

"嘻嘻……"

人们忍俊不禁。

"像……肚脐眼。"不知是谁脱口而出，太形象、太准确了。橘子蒂周围半公分，凹下去一个小坑，坑面错落有致地覆盖着三四块皱皱的嫩皮，就跟人的肚脐眼一模一样。

"对！所以叫它脐橙。"陈所长微笑着，还是那样地憨厚，"肚脐眼下有崽呢。"说完就用刀尖在橙面上划出无数道口子，然后把皮一瓣瓣撕下，露出一坨白白的圆球。"真是有个崽！"有人惊呼。但见脐眼处，长一小小的球，一半陷进大圆球里，一半露在外面，经络分明。"这是杂交品种，大的好吃，既有橘子的水分，又采柑子之甜美，更兼柚子之肉实。"陈所长慢慢地取下小球，"小球好玩不好吃，寄生性的，怪胎，就像俞洪标。"说完，一口气把小球吞进嘴里，"消灭俞洪标！"

大伙哈哈喧天，情绪一下子推向高潮，人人如法炮制，一齐向"俞洪标"发起了猛烈进攻。张长茂一手执刀，一手揪着脐橙,担任刀斧手,把对俞洪标的仇恨,统统发泄在红红的圆果上。

"这是打我的那一鞭!"哧——一刀狠狠划破橙皮;

"这是那一棍!"又一刀;

"替田新同志出气!"再一刀;

"为莲妹子报仇!"用力过猛,切得水一瀌……

古明抢过刀来,也是切一刀咒一句。其余的人,便照着刀印,一片片狠狠撕橙皮,把小球从大球上挖出来,吞噬、消灭。大家快活极了,赫丘利射出了复仇的利箭,安泰得到了惩罚,普罗米修斯解脱了魂灵的痛苦。冬天的太阳中天高悬,普照大地,柔和、温顺,暖透了周身;胃里填满的柑橘,奇妙地酿出酒的魔力,令人懒洋洋,醉醺醺。

"哎!我们还有个意见没拿出来。"陈所长想到快吃中饭了,提醒大家。

"意见?什么意见?"刘副市长揉揉惺忪的眼皮。倒是田新记起来了,连声"哦!哦!"望了古明一眼。

"古明同志认识得很深刻,"张长茂捏着两片晒得赪红的耳朵,不停地上下抚摸,甚是惬意,"反正退休了,给个处分也没什么意思。"

"就是就是,主要是俞洪标,三天两头围着老古,这是我亲眼看到了的,如蝇逐臭。""臭"字一出口,刘副市长立即察觉比喻失误,连忙更正,"拉拢老干部。你看呢?"他侧过脸,问田新。

田新口里嗫嚅不止,似乎有长篇演讲,但出口的却极为简练:"有教训,是有教训。"

陈所长脸上又现出憨厚的微笑,只是嘴角不像平常那样两边同时启动。仔细观察的话,你会看到,右边的似乎早半拍,略微有些单边,不对称,隐隐约约闪过一丝得意的神情。本来嘛! 会议总算顺利进行,同时还有了个结果。作为他,一个职低位卑的小人物,能做到这样,真是难能可贵的了。他扫视了会场一周,清了清嗓子,接过田新的话头,发表了一通闭幕词。他首先肯定田新同志讲得有道理。俞洪标一案,对大家的教训是很深刻的。古明同志已经具体分析了,态度诚恳,认识深刻,而且增进了大家的团结,对在座的全体同志都有启发。尤其是像他这样年轻的干部,路漫漫其修远兮,任重道远,等于上了一堂生动的党课。最后他提出:如果大家没其他意见,请就张长茂同志的提议举手表决,然后上报。于是,瓷桌旁竖起了几只筋暴暴的手掌。在这里,手,最充分地体现了人的尊严,表达了人的意志,象征着人的权威。上帝造人的时候,给了人一双手,据说是让人能够从事体力的干活,那是唯心论;马克思主义认为,是劳动创造了手。不过，大约他们都不曾料到，当人类迈进了文明时代后，又赋予了手如此神圣的功能。

古明的手此刻自是不能举的，不免些许沮丧，耷拉着脑袋。在想，处分就处分，反正往后再也不会填什么干部任命表，面对"何时何地受过何种处分"一栏难过，火化通知单上也是没有这个栏目的。当然没有这个污点毕竟好一些，免得人家戳背脊骨，晚节不全。古明自慰地笑了一下。手既不能举，干脆藏起来。他把手伸进口袋里，忽然捏到一个硬硬的信封，他想起来了，是儿子来的信。信上说，在机构改革中，他被推到了省委组织部领导的位置上，但由于没经验，不熟悉情况，不了解干部，准备先到各地、市走走，考察干部，过两天就会到市里来，父亲是老领导，能不能伯乐识马，举贤荐能。这倒是老同志应尽的责任。古明闭上眼睛就想到了一个人，远在天边，近在眼前——

他瞟了陈所长一眼，又抬头看了看太阳。冬天的太阳到了中午也是蛮厉害的，刺眼、烧脸、晒蔫人，你瞧，大家都想睡午觉了呢。

（首刊《湖南文学》1987年1期，《小说月报》转载，后收入《湖南新时期10年优秀文艺作品选·小说卷》）

小说首刊插图 / 罗丹

附：

精色内白 圆果抟兮

——《阳光与阴影》中陈所长的性格特征

子 干

说不清出于什么缘故，对于文学作品中的党政干部形象，总觉得自己拥有一种熟知者的评议权。上至省委书记车篷宽（蒋子龙《开拓者》）、部长夫人"马列主义老太太"（谌容《人到中年》），下至街道办主任钱高升（航鹰《开市大吉》）、行政科办事员马而立（陆文夫《围墙》），都曾不假思索地说长道短，评头品足，呜里哇啦一番。尽管几位名家笔下的人物并不单薄，性格也非单一，内心世界也不是不丰富，但似乎都不难辨识出他们的基本性格特征，作出准确、全面，或不那么准确、全面的评价。总之，能作出评价。但读了刘美贤的短篇小说《阳光与阴影》（见1987年《湖南文学》第1期、《小说月报》第2期），我傻了，在对老干所陈所长的评价上，遇到了麻烦，陷入了难以解脱的困惑。

小说以传统现实主义手法,通过市委书记古明离休后第一次到老干所参加党的生活会的一组镜头,向人们推出了一位令人难以捉磨的陈所长。

陈所长出场干了两件事:主持了生活会,解决了老干所房子分不下去的难题。根据市委通知,生活会要结合一个被处决的局级干部(俞洪标)的案件,总结教训,并对"涉及单位上的有关同志"提出"处理意见"。

在老干所,"有关同志"就是古明。

这样的会,一般说,开起来是难的。但在"身微职卑"的陈所长的主持下,不仅开得心平气和,而且异常顺利地作出了各方面都能接受的决议。

通过这两件事,陈所长作了充分表演。给人最突出的印象,是快嘴快舌,聪敏干练⋯⋯但,作为一个党员、干部的艺术形象,应给他以怎样的评价,他是一个怎样的人,具有怎样的本质特征呢?是一丝不苟、坚持原则的优秀党员、干部,还是见风使舵、为人圆滑的泥瓦匠?是表里如一的憨厚汉子,还是阿谀逢迎的权势之辈?⋯⋯

似乎可以说都是,又可以说都不是。

在身份相当悬殊的情况下,他苦心主持召开了一个有揭发,有交锋,有检查,有决议的生活会,使市委的通知得以贯彻落实。尽管还不能令人十分满意，但毕竟体现了他一定的原则性。他是讲原则的。

但，他又是不讲原则的。在涉及俞洪标的问题上，古明的检查，按高标准要求，显然是不能算作深刻的。市委书记古明，与造反起家的俞洪标，有一笔可怕的"肉体与罪恶"的交易。在深受俞洪标迫害，又受到古明打击的工会主席张长茂揭发之前，他只轻描淡写地说了一句"我是有责任的"，并避重就轻地举了一个"没有顺藤摸瓜"加以追究的"一般生活问题"的例子。在张长茂揭发之后，他虽然"那么艰难，那么痛心疾首"，而且也"缄默地点了一下头"，但却没有勇气"重新剖开胸膛早已愈合的伤口，将一切袒露在人们眼前"。

一个应该具有坦荡胸怀的老党员、老干部"只能暗暗地叩击着自己的心扉"，而不能竹筒倒豆子讲出自己的错误，无论如何，不能算"认识很深刻"。但陈所长的评价却是："古明同志已经具体分析了，态度诚恳，认识深刻……"显然既不符合事实，也是对原则的不忠。

作品对陈所长的憨厚作了充分描述。"一张中年男子憨厚的笑脸"，使从心所欲不逾矩的古明，一下子就看出来，"陈所长不是那种落井下石的得志小人"。在他"憨厚的微笑"中，几位老干部接受了他的领导甚至"摆布"：古明答应了住小房子，同时表示戒掉多年戒不掉的吸烟的老习惯。他确实很憨厚。

但，说他阿谀逢迎，又未尝不可。那"由下颌发端……缓缓漾进一对清澈的眼潭"的"笑"，"憨厚"之余，不也显得有几分做作吗？古明要落座，立刻警告"正对太阳，易得坏眼睛"，并"顺势把他引到背阳的一面坐了下来"的"眼力劲"；古明要脱大衣，那"不行！不行！""河风最伤人，会感冒的"及时提醒，和"双手按住古明肩膀"的"近于鲁莽"的动作；古明要吸烟，那"跑前一步一口吹灭了火苗"，及劝其"戒了吧"的亲切忠告；那在"没权了"的古明面前，大骂吹牛拍马、阿谀奉承者以权定亲疏的愤愤，那"以橘代茶""清茶一杯"的招待，及"白吃不好，以后再算账"的许诺；那在生活会开得"宛若一面绷得绷紧的大鼓"般紧张之时，一声"休息一下吧"的"绝妙提醒"，及"吃橘子，吃橘子……'后皇嘉树，橘徕服兮。受命不迁，生南国兮'"的文雅调侃……不都带有一定谄媚取宠、迎合奉承的色彩吗？至少易使人产生这样的联想。

有趣的是，他果然成为伯乐（古明）眼中的千里马。靠什么，靠通常所说的德、才吗？

无疑，他是个难得的人才。他"憨厚"、正直、"洁身自好"，他聪敏、干练、大智若愚。不出一年，竟能把个昔日的烂水塘今日的干休所，打扮成"如花似玉的仙境"……

然而，又怎能排除这样的看法呢？他是个投机钻营者。

是个比"你今天有权，就把你捧得像月亮；他明天有权，又把他捧得像太阳"，"谁的大腿粗，就抱谁"的短见者更高明的钻营者。不是吗？他崇奉的就是"瘦死的骆驼比马大"，而他这个"路漫漫其修远兮，任重道远"的"蚱蜢子"，怎能"惹得起"的信条。

他是一个"谜"。

新时期小说创作的一个显著特点，就是人物性格的日趋多样与丰满。但"一个乔厂长前面走，千万个乔厂长跟上来"的雷同化、模式化，一窝蜂的现象，仍然严重存在。在这种情况下，陈所长的出现，不能不使人感到振奋与鼓舞。

常识告诉我们，现实生活中矛盾发展变化的形态是多种多样、异常复杂的。现实生活中的人物同样也是具有多样性、复杂性的矛盾体。我们的党政干部，同现实生活中各个行业的人一样，既有优点又有缺点，既有正确的一面又有错误的一面。他们身上的缺点，往往伴随着优点而来。错误的一面与正确的一面也并非如冰炭之不能同器。它们往往相互渗透、相互烘托、相辅相成，相当和谐地统一在一个人物的整体性格中，使人很难用非好即坏、非此即彼的标准进行评判。不仅如此，在这种"相容"形态的矛盾性格中，对立性格之间的相互关系，还往往表现为：智在愚中得到突出，愚又是智的外在表现；刚在柔中得到强化，柔又是刚的显现。

二者在一个矛盾统一体中互为作用,有机地结合在一起。

诚然,不管在多么复杂的人物性格中,矛盾诸方面,从来不会是"半斤对八两",而是总有其占主导地位的本质所在。作家的责任,也就在于从错综复杂的矛盾性格中对人物的本质性格作出揭示,使读者通过完整、统一、典型的艺术形象受到启迪。

但,这种揭示,可以是鲜明、清晰、"昭然若揭"的,也可以是朦胧、含蓄、隐而不露的。一般来说,运用后一种手法所塑造的艺术典型,更符合生活的实际,因而也就更真实更可信,当然,也就让人难以识破其"庐山真面目"。

陈所长其人,就是这样一个性格"模糊"的艺术典型。

果真不能像组织人事部门那样,给陈所长作出一个优劣分明,或该不该提拔使用的全面鉴定吗?

也不是。非不能也,是不愿也!何必舞刀弄剑去(剖析)伤害他呢?让他朦胧、模糊而又清晰、完整的音容笑貌,"妙不可言"地呈现在眼前,存留在脑中,岂不更好?

"忠厚人乖觉,极乖觉处正是极忠厚处;老实人使心,极使心处,正是极老实处。"清代小说点评家毛宗岗这一精辟的见解,不也是这意思?

"任何文学作品都是它的时代的表现。"任何人物性格的形成都是"由时代的趣味、习惯、憧憬决定的"(普列汉诺夫语)。应该着重指出的,倒是作者对于陈所长性格形成的特定生活环境内在本质的把握。陈所长是个"橘子吃到了家"的人。这"橘子"既是南橘、橘子,"肚脐眼"(脐橙),似乎也可以说是当前政治,经济体制改革中党的生活的某些象征。他的性格,正是长期党政机关生活的"趣味、习惯、憧憬"陶冶的结晶;他的一言一行,无不充溢着这一"时代"的特色。

试想,陈所长如果不是现在这样一位陈所长,事情将会怎样呢?斗斗斗吗?势必斗乱;畏难不前、撒手不管、无所作为吗?党性原则、干部职责不允许……面对现实、审时度势,施展浑身解数(包括一些"小权术"),根据需要和可能,尽量把事情往好处办,应该被看作是对党也是对个人负责的最好表现,而应给予充分肯定。从这个意义上说,陈所长其实是个"难得的人才"。有朝一日,他果真被荐举到更高的领导岗位上,人们大概不会感到惊奇。

(《小说月报》转载后副主编李子干撰文推介)

《阳光与阴影》读后

阿　波

　　"湘军"骁勇，所以《湖南文学》又恢复了老牌号，第1期上刘美贤的《阳光与阴影》辞清意隽，引我读之再三。

　　尝闻小说之道，贵在以特异的匠心，罗织生活的素材，寓深远意境于朴质淡泊的白描。这佳作观，若成一家之言，则《阳光与阴影》便是其典型佐证。寥寥六个版面，精微简素中蓄隐了大世面，若长江大桥刻在米粒上。

　　第一遍读这小说，印象里留下一幅恬静的图画，一个美好的时刻，一组和平的谐音，阳光，人工仙境，甜蜜的南橘，滑稽的脐橙，几位卸任离休的政坛耆宿，一名体贴入微的"芝麻官"……

　　气氛如此闲散，故事也很太平，恶人伏诛了，炙手可热的权势，在模拟砍杀和咒语声中冷却。专横跋扈的意志愧怯了，资高望重的老领导作了享受居后的选择。在剑拔弩张的生涯里积怨成仇的斗士们, 经和平使者斡旋, 达成了与人为善的协议。冬阳"中天高悬, 普照大地", 暖哉人世！善哉人心！

小说的意境倘仅此而已, 则其堪称理想主义的杰作了。它果然就是现时代的《神曲·天国篇》么？标题中赫然有"阴影"二字, 行文间更伏有种种奥秘, 暗示深层的内涵。

影与光随。讨厌的, 是古明那一丝"失却了多日的快感"; 惊心的, 是圆熟机巧的"芝麻官", 在老干部眼里骤树"高大的形象", 成了举贤任能的第一人选。妙不可言的是, 诅咒谄媚者靠现代谄媚法赚取好感, 息事宁人的协议成交于利害置换……这官场游戏, 自会在读者心里布一层阴霾。现实生活逼近了, 可供发掘的暗桩比比皆是。沐浴阳光者都拖着一片割不断的阴影, 妙笔处处点题, 处处自然。

光与影的对比鲜明如题, 浸润全文, 褒贬似在意料之中。然而人物的塑造, 偏无泾渭分明的善恶对立。老干所草坪上那几个人物, 说不出可爱抑或可怜。作者以人物的一生为广延, 心平气和地记述笔下人物暮年反思的一段过程, 人情至性的一度复归, 政治家向普通人的一个转折。他描写了这个过程的阳光与阴影, 自己什么都没说, 又什么都说了。在这白描的故事里, 追求者自有希望, 批评者不乏鹄的, 失望者也有充足的理由。从这里, 也许有人小处着眼, 看到人情冷暖，世态炎凉；也许有人放宽视野，注目权与法的较量；无疑还有人观察到别的什么。应该强调的是，作者仅仅提取了生活的一个小片断，有如静止的画面或如摄影师抢拍的精彩镜头。

当今文坛，流派纷纭。有人偏爱大胆直露的陈述，有人倾心于据说唯隔代读者方可理解的后世杰作。评者对分流别派很不在行，仅觉《阳光与阴影》，注重现实而允执厥中，含姿蓄势而任人玩味，当属现世读者中较高层次的喜读之作。

（原载《文艺报》1987年5月）

历史悲歌又一曲

——读长篇历史小说《辛亥风云录》

"袖手于前,始能疾书于后。"任光椿同志经过长时间的沉默、思索、积蓄,写作的闸门终于打开。《戊戌喋血记》获得广大读者的喜爱,其姊妹篇《辛亥风云录》又将深厚的思想内容、广阔的历史画面和艺术光彩呈献给读者。

深沉的历史感与鲜明的时代感有机的结合,是这部七十万言的历史小说的显著特色。字里行间渗透着爱国主义——这一支撑中华大厦的民族之魂。近百年来,一批批爱国的知识分子和以孙中山为代表的资产阶级革命家从血与剑的搏斗里,看清了"专制不灭,中华难兴"这个真理,勇敢地投入反帝反封建和建立"中华共和国"的战斗。作品中出现的孙中山、黄兴、宋教仁、蔡锷等众多民主革命家的形象,无一不具有强烈的爱国热忱和各自的性格特征。黄兴是着墨最多的主人公,作者根据这个人物的真实史料,精心设计了变卖田产、毁家革命、羊城起义、痛失两指、苦战阳夏、身先士卒、兴兵反袁、义无反顾等一系列情节,把人物放在硝烟滚滚的生死关头,来突出刻画这个英雄人物为祖国、为理想屡仆屡起、百折不回的高尚品德,给今天的读者以振兴中华的鼓舞力量。书中第八章以后,关于革命党人企图用议会、宪法来限制、约束总统袁世凯而终至失败——孙中山弃政办企业,黄兴出走西洋,宋教仁饮弹血泊的描写,是耐人寻味的;资产阶级民主这服药,中国人已经吃过了,并没有药到病除,倒是社会主义救了中国。书中对李大钊等人探讨社会主义、共产主义的描绘,以及尾声中毛泽东的出现等,蕴含着无穷的深意,那既是一个时代的终结,也是一个新时代的曙光。

辛亥革命发生于本世纪初,距今并不遥远,写作稍有不慎,便容易给人以"不真实"之感,这就要求作者必须把艺术的真实性与历史的真实性更好地结合起来。为此,作者研究了大量辛亥革命的资料,包括海外的资料,以求在作品里真实地传递时代情绪,再现历史环境。作品中大多数人物和事件几乎都是实有的,除了一些具体的细节不免要借助想象外,事件的主要经过、人物的主要经历和性格特点,都符合历史的真实。作者不是停留在历史的外在的临摹上,而是知人论世,准确地把握历史事件的发展趋势与人物的社会属性和性格气质,因此一些较为棘手的历史事件,作者也能既笔墨严谨又不失于枯涩地展开艺术的笔触,达到血肉丰满地塑造人物的目的。孙中山与黄兴的政见分歧与暂时分手,孙中山对陶成章被害的态度等,都是较难处理的事件,作品不仅写了这些历史的细节,而且使读者看到了更加动人的艺术光彩和人物丰富、复杂的内心世界。对于蒋介石在辛亥革命中的表现,作者也并未因其后来的变化而加以简单化、脸谱化,然而读者却能够从他与陈其美、张静江的接触中以及他行刺陶成章的过程中看出其逐步蜕变的某些迹象。当写到虚构的次要人物和细节时,作者又能抖开想象的翅膀,如楔子中黄兴凭吊沙场,第六卷黄兴刀劈太湖石假山等细节,都能很好地起到烘托氛围和刻画人物性格的作用。

　　辛亥革命涉及人物众多,遍及全国,国内海外,进进出出,要完整地再现这一历史风云,构成一幅史诗式的、画卷式的精美艺术品,是需要煞费苦心的。作者巧妙地以主要人物、主要历史事件为中心,展开广阔的时代画面,形成了线块结合、纵横交错的布局,收到了较好的效果。全书十二卷,卷卷都是一幅画。在这些画卷里,基调是以黄兴为代表的辛亥英雄同以清廷和袁世凯为代表的封建势力的生死搏斗,但又各有各的艺术色彩,富士山的风情,太平洋岸的小镇,十里洋场的喧嚣,紫禁城的阴森;革命者的欢乐、苦恼、生活、爱情,反动派的得意、报应、放纵、肆虐、收敛,叛变者因内外因素交相作用而走上可耻的背叛,社会党在政治斗争中不时变换其面孔……正是这种交叉描写中,作品把读者带回了"那充满了血与火,苦难与期望,阴谋与壮图,荒淫无耻与严肃搏斗的时代"。

(原载《光明日报》1984年1月12日)

周南本是一首诗

20世纪末叶的中国外交舞台,最大的事件莫过于收回香港和澳门,湔雪中华民族百年耻辱。风云际会、折冲樽俎,演出了几多荡气回肠的活剧。"谈判任首席,折冲供趋走",作为中国政府收回港澳的谈判代表团团长,其后又受命为新华社香港分社社长的"诗人外交家"周南,便是参与这一历史大事件的重要人物之一。

近日,周南小憩深圳,欣然接受了《深圳周刊》的独家专访,在贝岭居宾馆的一间普通套房里,我们见到了他。记忆中的周南,最后一次在港"曝光"是在香港各界欢送他离任返京的盛会上,周南是坐着轮椅出席的。原来,回归交接仪式不久,他便累倒了,胃切除了一半。眼前的周南,虽然比过去瘦多了,但精神颇佳,谈锋甚健。那优雅的手势,朗朗的笑声,一如从前。原定半小时的采访,不知不觉中过了一个多小时。

不能把殖民主义的尾巴拖到下个世纪

"今天距离澳门回归只有一个来月了，12月20日定为澳门回归日有什么特别意义吗？"问候了周南后，我们便直入澳门回归这个话题。

周南笑了笑说："不少人都问过我这个问题。"香港回归定在1997年7月1日，正是香港"新界"租约到期日。澳门定在12月20日，则是另有缘由。

"确实，"周南指出，"澳门回归的时间问题是中葡谈判中需要解决的一个重要问题。"

周南说，邓小平同志对澳门回归曾有过早于香港、与香港同时、晚于香港三种考虑，最后决定可稍晚于香港，但最晚不得晚于本世纪。1984年底，中英发表了关于香港问题的联合声明，确定1997年7月1日收回香港，澳门回归日期随即提上了日程。

在与葡方的谈判中，葡方曾提出本世纪交还澳门过于仓促，要求推迟到下个世纪。对此，中方态度坚决。邓小平明确指出：澳门问题必须在本世纪内解决，决不能把殖民主义的尾巴拖到下个世纪。在前三轮会谈过程中,葡萄牙代表团也原则上同意了在2000年前将澳门归还中国。

1986年11月,周南应葡萄牙政府邀请飞抵里斯本。会谈中,葡方突然又提出要将归还时间推迟到下个世纪的要求,有的传媒和个别政界人士甚至具体提出推迟30年,到2017年再归还的主张。面对枝节横生,周南当即向葡方表明了中国政府的严正立场,指出:"在2000年前收回澳门是中国政府和包括澳门同胞在内的10亿中国人民不可动摇的坚定立场和强烈愿望,任何超越2000年交还澳门的主张,都是不能接受的。"同时指出:2000年前解决澳门问题,不但符合中国的利益,也完全符合葡方的利益,这也将为今后中葡两国之间发展长期友好合作关系奠定坚实基础。望葡方慎重对待,不要节外生枝。随后,中国外交部也发表类似的措辞严正的声明。这就不得不引起了葡萄牙方面的高度重视。两个月后,葡萄牙副外长回访北京,告称葡政府已召开国务会议,经过讨论,最终同意在1999年把澳门交还中国。

至于具体交接日子,周南说,葡萄牙副外长期望在1999年12月31日,本世纪的最后一天交还澳门,我们考虑到港澳居民都有过圣诞节的习惯,葡萄牙国内也要过圣诞节,政权交接仪式安排在假期中举行,可能给各方带来不便,还是错开为好。葡方最后同意了我们的主张。于是,政权交接的日子定在了圣诞节前的12月20日。

从不同立场出发得出的相同结论

"弱国无外交",历经外交生涯50年的周南深有感慨地说,古今中外,凡是涉及国家主权和领土完整的问题,许多是诉诸武力解决的。缘何?实力也。即使是通过外交手段,也无一不以国家实力作后盾。当年香港的失落,就是英殖民者凭借船坚炮利,强迫腐败无能的清政府签订了三个不平等条约强占去的。

说到这里,周南忆起了顾维钧——这位曾在北洋政府和国民党政府两度出任外交部长、近代中国的爱国先行者。

"在纽约,我见过他的女儿,"周南说,"还看了顾维钧外交生涯回忆录。"

二战后期,考虑到亚洲战场的战事,中国也忝列四大"盟国"之一。蒋介石派顾维钧去与同是"盟国"的英国交涉,试探能否在抗战胜利后收回香港,结果英国硬邦邦一句洋文,翻译过来就是四个字:休要提起。蒋介石连气也不敢吭了。

港澳回归,兵不血刃,是由于中华人民共和国成立后,经过几十年的奋斗,中国的综合实力大大加强,以一个大国的姿态自立于世界民族之林,这才使得通过和平谈判解决香港问题成为可能。

相对于澳门回归,中英关于香港问题的谈判真可谓一波三折,前后进行了22轮谈判。作为中国政府代表团团长,周南感慨万千地说:

英国先是顽固坚持殖民主义立场,坚持"三个条约有效论";当我们按照小平同志的指示,阐明对香港问题的基本立场,驳斥了他们的谬论后,他们接着又提出"主权换治权",就是说在名义上归还主权,实际上由英国继续管治香港。寸土不让,是中国的古训,邓小平更是明确指出:"在主权问题上一丝一毫也不能让,更不要说是一寸。"中方有理有力有节的斗争,迫使英国最后在联合声明上签了字。

在与英方长达22轮的艰苦谈判中,周南深切感到,英国是很不情愿把香港交还给中国的。他说,撒切尔夫人卸任后写了《唐宁街岁月》,当时的外交大臣杰弗里·豪也写了一本回忆录,两部书中都提到她曾经考虑是不是可以不把香港交还中国,也研究过拒不交还甚至进行军事防守的可能性,又考虑过把联合国引进来,搞所谓"全民公决",还设想按新加坡的方式搞独立。加上80年代初,英国刚刚远征马尔维纳斯群岛,与阿根廷打了一仗,得胜气盛,似乎看到了"日不落国"的回光返照。在谈判中,我们明确告诉他们:今日之中国不是阿根廷,香港也不是马岛!说到这件事,周南双目凝注,仿佛又回到了昨日。

到了90年代初,苏联、东欧解体后,英国政府又错估形势,以为中国也会步其后尘,于是又卷土重来,企图翻案。他们派彭定康到香港,抛出了所谓的"政改方案"。其实质就是企图1997年后在香港搞没有英国人的英国统治,进而策动香港脱离祖国。

"在关键时刻,小平又及时做出明确指示,他向香港客人讲,英国是不是要推翻中英协议,在这个时候,我们一点都不能软,必要时要重新考虑收回香港的时间和方式,另起炉灶。"

周南说,在小平南方视察讲话后,中国的局面不但进一步稳定下来,而且经济上保持了快速发展,综合国力进一步增强。在有实力和坚持原则的中国面前,英国人的如意算盘落了空。

邓小平曾指出,中英谈判之所以能成功,主要因为中国是个有力量的国家,而且是个值得信任的国家。撒切尔夫人在其回忆录中也承认,中英谈判不是也不可能是英国的胜利,因为我们同我们的对手相比实力悬殊,同时他们在一些大问题上采取了不肯让步的态度。

"这就是双方从不同的立场出发,得出的相同的结论。"周南说,"在澳门问题也同样证明了这一点。"

"一国两制"始于台湾 终于台湾

"当然,收回香港、澳门,仅靠实力还不够,还要有正确的战略方针和政策,这就是邓小平创造性提出的'一国两制'伟大构想。"周南回忆道。

实现祖国统一,是中共十一届三中全会确定的三大任务之一。"一国两制"最先是针对台湾问题提出来的,但先用在解决香港和澳门问题上。

"'一国两制'是了不起的创举。首先它的提出,是实事求是地考虑到祖国大陆(内地)的现实,也考虑到台湾、香港、澳门的现实。用'一国两制'构想,采取和平方式解决问题,可以避免造成不必要的损失和动荡,有利于这些地区继续保持繁荣稳定,而且对有关各方都有利,为各方所接受,对港澳来讲,有关三方都能接受。"

"您是邓小平'一国两制'构想在港澳成功实践的参与者之一。台湾问题还没有解决,如果您年轻一些,想必您还会有去谈判台湾问题的机会吧。"记者道。

周南不无感慨地说："老啦，只能留给年轻人了。"他接着指出，台湾不同于港澳，后者是从外人手中收回领土和主权，而前者是内战遗留下来的问题。

"那您认为，解决台湾问题的时间和方式会是怎样的呢？"

"鄙人在名义上也算是个记者，还担任过新华社香港分社社长，知道你们记者就是想掏出些新东西来。"周南风趣地说，"不过我可以告诉你，我们对台湾问题不承诺放弃使用武力，正是为了和平解决台湾问题。我想不管最后用什么方式，'一国两制'首先是针对台湾提出来的，所以这个方针始于台湾，也必将最终落实于台湾。"周南坚定地说。

《诗经·国风》有《周南》 周南不就是一首诗么

周南诗名在外，早有所闻，记者手头有部5卷本的线装《唐诗精华》就是周南参与选编并题写书名的。周南与当代文坛巨擘钱锺书交谊甚笃，亦为文坛佳话。话题便渐渐扯到诗上面去了。

此前，记者曾拜读过《周南诗词选》，50年外交历程，几乎在他的诗作中都留下了映证，"风擎红旗过绿江，高歌彻夜月苍黄"。朝鲜归来后，周南出使巴基斯坦，"从兹理洋务";"寒雨连朝霰未休,万邦宫里议春秋"(日内瓦);"朔雪炎风俱是家,中华儿女自天涯"(东非);"白浪蹴天浮,望断惊鸥,自由神向黯中愁"(纽约)……

及至近期,随着亲身参与香港、澳门的回归,诗作中更有亮丽的一笔:

涮雪百年耻,港澳当其首。

谈判任首席,折冲供趋走。

期复我主权,并化仇为友。

三年复两地,我功何之有。

乃因国力张,昔强今俯首。

一国兼两制,奇策厥功奏。

善始复善终,举世皆额手。

周南博学强记,百家杂陈名章诗句信手拈来,为其营造谈判氛围、寓意时事政情所用。1993年底,正值中英在香港就"政改方案"白炽相争之际,周南与末代港督彭定康一起出席香港宝莲禅寺天坛大佛开光典礼。记者穷追猛究,周南随口作答:"谁搞'三违背',定会苦海无边,罪过!罪过!谁搞'三符合'自是功德无量,善哉!善哉!"说完双手合十:"阿弥陀佛。"此境此语,何等地贴切。其睿智过人,可见一斑。

谈到钱锺书,周南回忆说:"我与钱先生是在纽约相识的。"

70年代末,中国改革开放不久,钱锺书随中国社会科学院代表团访美,中国驻联合国代表团宴请社科院代表团,周南正好与钱锺书相伴而坐。

"一杯酒下肚,两人竟谈起诗词来,"周南说着,做了个端杯饮酒的动作,露出几分稚趣,"我们谈唐诗,谈宋词,谈其特色,谈其异同。我还记得谈到了李商隐的《锦瑟》。"说到这里,周南脱口背道:

锦瑟无端五十弦,

一弦一柱思华年。

庄生晓梦迷蝴蝶,

望帝春心托杜鹃。

此诗究竟是怀念逝去的情人,还是抒发个人的际遇?"我们俩在席间理论起来。"

一见如故,从此结下了友情。

"1994年我去拜访钱先生,辞别时,他执意送我一程,并戏言'今日送君过虎溪'矣。"此乃引用东晋高僧慧远相送来访的陶渊明的典故,此语一出,两人开怀大笑。于是周南有诗:

博雅风流莫窥篱，

说诗谈艺胜醍醐。

书城歌啸心何远，

送我还劳过虎溪。

记者说道："钱锺书一世可是淡于名利、疏于应酬、不事阿谀的。"

然而，钱锺书在读完周南所写《六十述怀》的自传体五古长诗后却曰：言之有文，言之有物，风骨独耸。当周南诗集出版的时候又欣然命笔，为《周南诗词选》作跋。凡三百余字。锺书先生晚年文字极少，恕录之：

1979年暮春，予随社会科学院同仁访美。在纽约，始于宾筵与君相晤，不介自亲。寒暄语了，君即谈诗。征引古人名章佳句如瓶泻水。余大惊失喜。晚清洋务中名辈如郭筠仙、曾劼刚（按：即郭嵩焘、曾纪泽），皆文质相宣，劼刚以七言律阐释二十四诗品，尤工语言，善引伸，不意君竟继踵接武也。以后书问无虚岁，常以所作篇什相示。君寻返国，任外部要职，公余枉过，亦必论诗。君折冲樽俎而复敷藻，"余事作诗人"云乎哉！多才兼擅尔。近编新旧篇什为一集，示余俾先睹之。君犯难历险，雄心壮业，老病如我，亦殊有"闻鸡起舞"之慨。孙子荆云："其人磊砢而英多。"识君者读此集，必曰：

"其人信如其诗。"不识君者读此集,必曰:"其诗足见其人。"率题数语于卷尾,质诸识曲听真者。

　　《诗经·国风》有《周南》,眼前的周南不就是一首诗么。

（原载《深圳周刊》1999年第45期）

周南（右）与笔者在深圳合影

图书该由谁定价？

——由图书打折销售引起的话题

今年入夏以来，位居中国文化重镇北京海淀区两家超大型图书市场——中关村图书大厦与第三极书局对峙的书价大战，引起了社会的广泛关注。而民营中、小书店无折不成交，已然成了业内常态。打折的吆喝声，无疑助推了人们对图书定价的质疑，其背后的景状亦不令人乐观：图书品种上升，平均印数下降；成本提高，利润降低；折扣加大，退货增多；库存积压快，资金周转慢。货款结算周期越拖越长，致使行业信用日趋缺失，产业链出现环节松脱的迹象。

打折销售，能够带来图书市场的繁荣吗？传统的图书定价模式，是否妨碍了产业的市场化发展？凡此种种，不能不引起业界人士的忧虑、深思与探讨。

图书是如何定价的

任何商品都有售价,否则不成交易。而由生产者统一定价,白纸黑字印在产品上,并按此定价终端销售的商品,则唯有图书。

对图书予以定价销售,起源于对知识人人有平等学习权利的民权理念,而让所有的人都以同样的价格购买同一种图书,就是这种民权理念的一种表达。

但是,随着商品经济的发展,图书同样具有的商品特性,使其在生产与销售过程中,也不能不遵循商品市场运行的法则,否则,无法得以再生产。因此,各国图书的价格模式,便依据各自的国情,分别以两种截然相反的形式体现:

其一,强化图书定价的"刚性",由出版者充分预估各环节销售成本及利润空间。与之相配套,用立法对图书的打折销售制定了种种苛严的限制,如德国规定时间(18个月内不得打折)、地域(全国市场)、打折下限(5个点)等等。

其二,赋予图书定价的"柔性",这一做法似有上升的势头。如瑞典、英国先后在1962、1995年废除了延续一二百年的《净价图书协议》,荷兰等国家则一直实行的是自愿价格。让图书进入市场后,像其他商品那样随行就市,由零售商决定它的销售价格,以封底粘贴价格标签的方式予以公布。因而,同样的图书,在不同的卖场,就可能会有不同的售价。笔者手头有牛津大学出版社同一版本图书两本，其封底不干胶贴价分别是225港币和15美金。

我国图书销售一直实行的是按印张定价的计划指导性模式，源自文化部1956年2月18日颁发的全国杂志、书籍以印张为基础的定价标准。这一举措，对于扩大图书销售，加速国民学习文化知识，普及提高文化水平，在很长时期内，的确有着重大的积极意义。1992年国家新闻出版署明确，除中小学教材等出版物仍实施国家指导定价外，其他各类图书都由各出版社自行定价。但习惯性沿用的仍是印张定价法。即将定价的构成因素（生产成本＋发行折扣＋利润＋税金）平分到每个印张上。通常我们口头上所说的一个印张多少钱，就是这个意思。

其中，生产成本包含可变成本和不变成本。可变成本指的是随图书印数的变化而变化的纸张费用、印费，按版税取酬的作者稿费、税金等。不变成本指的是与印数无涉的录入、校对、排版、图书封面和版式设计的费用以及一次性稿酬等。发行折扣通常在一定时期有一个市场行规。税金，指的是增值税、教育附加和城市建设税。

以一本10个印张、封面4色、正文单色、5000册印数、20元定价的大众读物为例，一般情况下，目前纸张印费约占22%，录入排校设计出片约占4%，各项税金约占6%，包装运输费用约占2%，发行折扣约占45%。假设作者版税取酬10%，出版毛利润约10%。结合印张与成本比例，出版社大概便是据此定价的。

传统图书定价模式的弊端

我国进入改革开放经济飞速发展的市场经济格局后，由出版社定价的传统模式中不注重商品价值规律的弱点，便显著凸显，成了影响图书市场继续繁荣发展的某种负面因素。主要表现在四个方面：

一是缺乏对图书内容价值之差异的合理标量。

图书定价按书本的印张（或者说页码）的多少确定，忽略了图书载体所刊载内容的知识含量之价值。这正是图书有别于其他商品的一个重要属性。书籍的编撰出版是一种创意性活动，尽管印张一样，其知识的含量却可能天差地别。支撑图书价值差异的，恰恰是知识资本所形成的无形资产在图书价值形成过程中的核心作用。一部可能耗尽作者毕生心血而对社会有重大影响的学术著作，与一本谈论鸡毛蒜皮个人小事的休闲之作，厚薄相当，便处于同一价位，即使从图书构成（创作）成本上看，这种定价模式，也欠合理科学。

二是无法预测各种不同状况下的销售成本。

出版社作为图书的生产者，对销售的各个环节和各类市场远不如销售商们感应灵敏。闭门造车式的越俎代庖显然是不可取的。众所周知，同样的商品，在不同的销售环境中，所支付的销售成本是不一样的，商品的销售价格自然会有差异。例如同样100平方米的店面，闹市与村落租金截然不同。同样一件衣服，在百货大厦与在个体小店中，前者昂贵，后者便宜。对此，人们欣然接受，深知百货大厦那明亮舒适的店堂环境，其建立与维持的成本，是需要从在这儿展示的商品中获得价格补偿的，否则无法提供。然而，定价模式下的图书在任何销售环境下的销售价格，都固定不变，而不论那图书是陈列在冬暖夏凉的书城，还是小街陋巷的书摊，显然有违市场经济法则。

三是忽略了图书印数对成本和利润的关键影响。

扩大发行即印数，出版业者孜孜以求，可见是出版社经营效益的关键。业者在操作中通常首先确定一个保本印数，并据此提出图书的定价。当图书超过保本印数以后，成本自然会逐渐降下来，尤其是对于一次性买断版权的图书。而一价定终生的定价模式，没有充分体现印数在图书价格中的关键影响作用。

四是图书定价失去信任进而危及整个产业。

图书一经定价，其价格武器唯有一招——打折。正是在无休无止的打折声中,导致出"高书价"的伪命题,一个勉强"糊口"的书业,竟被纳入了十大暴利行业(不排除个别图书发行几十上百万册可能出现"暴利")。加之个别出版社,为了促销自己的产品,滥用定价权,标天价、卖地价,来满足下游销售环节对利润的要求。这更容易激起读者对整个图书定价市场产生误解与信任危机,甚至反感,产生拒绝购书的心理,从而危及整个图书产业的生存与发展。

把图书定价权交给市场

有人可能说:图书定价权,早在1992年国家就下放给出版社。出版社作为企业,交给出版社,不就是交给市场了吗?

出版社在整个图书生产过程中,虽处于极重要的源头位置,但毕竟只是整个产业链中的一环,并不等于整个图书产业。出版社可以自行定价,并不表明图书价格的基本市场化。只有当某个商品在市场各个环节运行时,其价格都能根据市场需求上下变动,这个商品才具有了市场经济的本质属性。

可以尝试的做法是,从生产的起端(出版社)开始,直至商品的销售终端(零售书店),全部放开价格约束,让各个环节自行决定销售价格。

即出版社在自行对图书的价值作出应有判断之后,在所有生产成本的基础之上,再加上一个估计能为市场接受的利润额度(含税金),作为类似工厂的"出厂价"价格,兜售给愿意接受此价格的发行商或经销商。然后,发行商或经销商便可根据各地不同情况以及订数,确定各种不同的批发价,发行到终端各零售书店;而各零售书店则可以依据自己的销售手段与销售成本,以及各种书的销售状况,决定每本书的销售价格。

倘若这样做,也许会出现以下变化:

一、相对合理地确定图书市场销售价格。

每一种出版的新图书,都是一个未经市场检验的新商品。而新商品的市场前景,究竟是辉煌,还是受冷落,是没有人能在生产源头时就能准确知道的。由出版社站在图书生产者的位置上,以定价模式,一手包办了整个图书产业链中所有环节的成本与利润空间,越俎代庖而又企图合理地确定图书在下游各个流通环节的成本与利润,未免盲目。而由身居一线的销售商,各自自行确定销售价格,势必更趋合理一些。

二、重拾读者对图书销售价格的信心并可能降低图书平均定价水平。

图书定价预设发行折扣给读者造成了"高价书"的印

象,而长期采用的打折销售手段又严重打掉了读者对图书定价的信任。以前述海淀两大书店打折销售为例,北京聚集了200多家出版社,接近全国的一半。两大书店的大部分书源,均可能以定价的5折左右就地取货,留有较大的打折空间。假设该店销售一本定价30元的图书,8折销售为24元,还可获得定价的30%毛利收入。读者的结论是打了这么大的折还有赚,如何不"暴利"? 假设该书是15元的"出社价",该店零售定价为24元,其毛利收入虽已相当于进货成本的60%,但这本书在读者眼中的"定价"便不是30元,而是24元了。这24元的销售价合不合理,孰高孰低,读者自会判断,但由此却挤掉了传统图书定价中的打折水分,将逐步恢复读者对图书价格的信任,并使图书的整体定价水平降下来,最终惠及读者。

三、调动发行商销售积极性,不断改善服务质量。

让图书价格在流通领域随行就市后,将会有助于图书销售企业根据各种实际情况,制定出合适可行的销售价格标准。销售商将根据进货成本、销售地区差异、读者消费水平、营业场所条件、市场反应程度,来确定并适时调节终端销售价,以成交为目的,获取利润。同时不断改善营业环境,提高服务质量,使销售成本所体现的销售服务通过价格方式得到补偿,让读者在现实中明明白白地了解到,并在心理上与图书的价格挂上钩。而在图书固定"定价"时,读者无论享受到了何种优质服务,都会认为与图书价格无关。书店任何付出成本的销售服务,都是无价可言无须埋单的额外行为。小书店因销售成本小,价格势必低一些,由于不再有高定价大折扣的情况,实实在在的便宜,不再会伴有虚假价格之心理阻碍。

四、调控图书品种规模,促进提升编辑出版水平。

目前我国图书出版品种已过20万种,但平均印数却很低,总销售册数仅与80年代末大体持平,过多过滥成为行业负面形象之一。无出版社定价后,图书在市场上处于什么样的销售价位,将与图书的出版质量密切相关。优秀读物必然受读者欢迎,销售价会走高,而低劣图书因少人问津,则价格下跌。以往于统一定价模式下被掩盖了的图书质量,在价格市场化的环境中,将会显露无遗。这一来,无疑将使出版社十分重视内容产品的生产,精心策划,优化选题,用心编印,塑造品牌,因为图书面对的将是一个十分严酷的市场选择过程。有人可能会担心,不再有学术价值高、印数少、读者面窄的选题出版,因为发行商不愿销售。恰恰相反,这类内容替代性弱、读者特定性强的学术类著作,高利薄销,其单本销售利润也许不亚于十数本一般读物。出版社取消定价以后,图书出版将可能真正进入一个比内容、拼质量、创品牌的良性发展过程。

提出这个问题，只是笔者愚见，聊备一说。虽无意于一个早上醒来，图书全无了定价，却有盼拿出一本书来试它一试。需要说明的是，中小学教材国家历来都有明确规范，当然试不得。

（原载《深圳特区报》2006年10月20日）

来自生活的激流

——谈独幕话剧《玫瑰》

一篇好的作品,就是一支震人心魄的号角。读着它,能使人精神振奋,热血沸腾,鼓舞人们对生活的信心。《湖南群众文艺》今年第四期发表的独幕话剧《玫瑰》,就是这样的一篇好作品。

《玫瑰》的作者田芬同志,不是生活的冷漠旁观者,而是敢于面对现实,回答千百万读者最关心的问题的文艺斗士。正是由于作者这种对生活的激情,始终充溢在整个剧情的发展过程之中,大大地增强了这个剧本的诗意、政论性和感人的魅力。它通过冯炳和、周灿等五个剧中人物的身世和命运,形象地、深刻地、令人信服地揭示了血统论的反动性以及它在人们心灵上烙下的创伤和给人们的生活造成的悲剧。而最后,几经波折,在严峻的生活考验面前,五个剧中人物都先后觉醒了:只有"有勇气面对现实的人,才会生活得幸福"！当周灿和冯炳和捧起玫瑰花束,高喊着"纯洁、坚贞、勇敢"当幕布在激越的主题音乐声中徐徐降落的时候,话剧在我们心中唤起的是一种美好的高尚的感情。它就像是一支清脆激越的战歌,既使人深思,又使人振奋,并且鼓舞着我们积极、勇敢地去迎接和创造新的生活。

一篇好的文艺作品,不仅需要有美好的思想,同时还要是一个精美的艺术品。对于一个剧本来说,则需要有较强的戏剧性和精心构思的戏剧情节。只有把深刻的思想性、生活的真实性同情节的丰富性完美地结合起来,才能产生更好的戏剧效果。在这方面,《玫瑰》的作者是煞费苦心的。作者把冯炳和、周灿的婚礼,巧妙地安排在冯炳和即将进入音乐学院深造,周灿即将出国演出的前夜。正当他们沉浸在三喜临门的喜悦、幸福之中,却突然传来了一个噩耗:音乐学院通过政审,发现冯炳和的生父是一个被镇压的恶霸地主,决定不录取他了;接着,周灿所在的单位也因此决定取消她出国演出的资格,"客人马上就要来了"的婚礼顿时出现了危机,几组矛盾急剧地交织在一起。这种偶合是巧妙的,同时又是生活中可能的,合情合理的。它们在整个剧情的发展过程中形成了迭起的波澜,使矛盾一步步地扣紧和激化,从而构成了动人心魄引人悬念的丰富的情节。

除去再现生活的真实性外,作为文艺创作的现实主义传统的另一个重要特征,就是人物的典型性。作者对于几个剧中人物的形象和性格的刻画,也是下了功夫的。作者善于从纷繁的现实生活中,提取那些最具有普遍意义的人物和事件,并把它们典型化,努力使自己作品中的"每个人都是典型,但同时又是一定的单个人"。《玫瑰》中的每个人物,包括出场不多的杨洁,都各有自己的性格特征。冯炳和就有一定的代表性。他是"地主的儿子",然而自从来到人间,他就和饱经蹂躏的妈妈一道逃出了魔窟。他"是工人阶级的血汗养大的,是党哺育大的"。从他"开始懂事的时候起,'爱'字就和党连在一起,'恨'字就和反动阶级连在一起"。他满怀激情地用自己创作的歌曲向党倾诉:党,母亲,请收下火一样炽热的心! 这样一个热爱党,有理想、有才华的青年,却仅仅由于血缘的关系,就要被剥夺学习和爱情的权利。像这样的事例,在"四人帮"横行,"党的政策正在被破坏和践踏"的时候,难道还少见吗? 痛定思痛,塑造这样一个形象,对于我们当前落实党的各项政策,调动浩浩荡荡的革命大军的工作,无疑是有所启益的。

剧中的另一个人物李琴,更是近两年来小戏创作中出现的一个具有深刻社会意义的艺术形象。在青年时代,李琴也曾"面对国民党的白色恐怖,面对死亡的威胁",但她既"没有逃避",也"没有彷徨"。然而,在"四人帮"横行时期,她却败退下来,"鼓不起勇气来了",过着一种一味逃避、忍让、自欺欺人的生活。她不再敢同任何反动的权势和错误的东西作斗争,习惯于"逆来顺受",把一切冒充党的名义干的勾当,都一律看成是当然的合理的。她把屈从于"四人帮"的专制主义淫威,也当作是"严格要求自己",甚至严格到不惜与自己心心相许的爱人、长期并肩战斗过的战友离婚,以换取女儿的所谓前途。在这个早年也曾与阶级敌人坚决搏斗的革命者身上逐渐形成的新的奴性,竟然发展到如此根深蒂固的地步:当无辜的打击再一次降临到她心爱的女儿头上时,她仍然不能醒悟。她不是挺身而起,勇敢地去同不合理的东西作斗争,而是又要退让了,甚至竟想拆散她女儿与冯炳和。直到最后,委曲已不能求全,苟且仍不能偷生时,在青年一代的生活激情感染下,在一连串的活生生的事实教育下,她才终于从那种长期过着的自欺欺人的虚假生活中惊醒过来,再一次点燃了生命的火花,并且悟出了"逃避、忍让是没有止境的,有勇气面对现实的人,才会生活得幸福"的道理,决心勇敢地投入新的生活。恩格斯曾经说过,人物应当是"当时一定思想的代表"。从这个艺术典型身上,我们不是完全可以看到那些在"四人帮"横行时被分开了的"牛郎""织女",那些曾经彻夜不眠、苦思着离婚与否的人们的影子吗？同时,这个人物也使我们想到,在1976年10月粉碎"四人帮"的那些激动人心的日子里,她们一定会同无数战友一道勇敢地投入新的战斗。更重要的是,这个真实感人的形象,还向我们提出了一个发人深省的问题:在一个昔日革命者身上,新的奴性是怎样产生的？一个革命者为什么会在新的生活逆流面前怯懦地退却？怎样才能改造和根除这种新的奴性,用崭新的精神面貌,投入新的长征,迎接四个现代化的早日到来？李琴这个形象将促使我们思考许多问题。

总之,话剧《玫瑰》在如何运用小戏这一艺术形式,努力恢复现实主义传统,敢于触及时弊,反映群众的呼声,表现深刻、严肃的题材方面,进行了可贵的探索,回答了这样一个问题,即小戏能不能写人的命运。田芬同志首先是敢于写,敢于冲破"四人帮"的禁区,通过人物的命运来深刻反映"四人帮"给我们的社会生活造成的灾难,倡导真实勇敢的人生态度,用革命乐观精神引导人们从黑暗中看到光明,从绝望中寻找希望,从悲哀中追求欢乐,自己掌握自己的命运。有了敢于写的勇气,更需要有善于写的本领。不可否认,小戏篇幅小,演出时间短,确实不像大型戏剧那么适于表现人的命运。这就要求作者有深刻的洞察力和独到的写作技巧。《玫瑰》的作者正是很好地掌握了小戏写作的特点,善于选择最恰当的生活横断面,抓住最能影响人的命运的关键时刻,充分展开矛盾冲突,纵及前半生,横连周围人,组成丰富生动的画面,扩展了小戏的容量,增强了小戏的底蕴,这是很可喜的。

当然,倘若进一步要求,这个作品也还有不少值得推敲的地方。周文这个老党员、老干部的形象就还可以加强。个别地方也还交代得不够清楚。杨洁和其他个别人物的出入舞台有时还不太自然,有召之即来、挥之即去之嫌。我们相信,经过更多的锤炼,《玫瑰》一定会在舞台上闪耀出更加夺目的光彩。

(原载《湖南群众文艺》1979年第5期)

调一盘酸甜苦辣

——《办公室主任轶事》读稿小札

去年10月调来深圳，报到当天即去盐田参加特区文学笔会，结识了不少新朋友，其中有位田升先生，相貌堂堂，待人诚恳。渐渐地我们熟稔起来，谈天谈地，自然也谈到他有一部书稿，出版社准备出版，问我能否看看，我即诺拜读，于是便成了《办公室主任轶事》的第一个读者。

"闭门觅句非诗法，只是征行自有诗。"悉读书稿，脑子里跳出南宋诗人杨万里的两句诗来。应该说，田升同志是无意做作家的，是"当了二十多年的办公室主任，吃尽了酸甜苦辣，饱受了人间风雨"，激起了他的写作冲动。以至于半百之年，抱一腔赤子情怀，毅然将那支长于逻辑思维的笔,转向文学创作,以求用形象、生动的语言,来表达自己最真切的体验,宣泄自己的思想感情。仿佛有一个喷嚏,久久憋在他的鼻咽,非得猛提丹田气,"啊啾"一声,打了出来,图它个周体通泰痛快。人打喷嚏的样子是怪滑稽的,办公室主任笔下的一个又一个有滋有味有笑有泪的人物和故事,也时时令人忍俊不禁。上至部长大员,下至勤务杂工,五行八作,生旦净丑,演一场嬉笑怒骂,调一盘酸甜苦辣,绘一幅大千世界的众生相,给整部作品抹上了一层喜剧色彩。庄锡龙先生所设计的封面与插图,皆用漫画,委实抓住了作品的艺术特色。

田升同志长期从事文字工作,锤炼出简洁与晓畅的文字,笔墨饱蘸一种原生态般鲜活的感情,特别是正面叙述人物和事件的时候,尤为见长。那殉难的司机,种花的小勤杂,遗嘱没有写在纸上的"他",其形象令人久久不能忘怀。行文走笔间,也不时闪现出思维的机敏和语言的智慧。如"影子投在草地上,变得细长,像两根木头桩子"的暗喻,"西瓜呀西瓜,你为何不长一样的大一样的圆"的叹喟,便是这样。周谷城先生有次与毛泽东主席论道:当智慧超过需要的时候,幽默风趣便出现了。在《办公室主任轶事》里,我们也不难找到佐证。只是作为一部以喜剧为基调的作品，要调出一盘酸甜苦辣来，对喜剧语言的要素——幽默，读者会更苛求些；就语言表现手法和情节的设置要求更丰富多样化些。作品稍显拘谨，略嫌单一，这也许是作者作为办公室主任长期的职业习惯使然。

书稿的结构也颇耐人思量，52篇，十七八万字，出场的人物怕有两百来人，除了"我"穿插其间外，众多的人物毫不相关。也许是做惯了编辑，衡文已成固态，总觉得不太好归类。细想之，这种点状结构不是更便于调出一盘酸甜苦辣来么？这也算作品结构上的独到之处。有点"敢闯"的味道。不法古、不唯书、"好诗冲口谁能择"。何况金人王若虚早就替文体辩过一回："定体则无，大体须有。"于是笔者对书稿作了技术编排后，"狡猾狡猾"地回避注明体裁，写了几句话，置之扉页，权作内容提要：

大小一个单位是不可没有办公室主任的。作者以其任职20多年的亲身体验与观察，给我们留下了一个个生动的故事，几乎折射出现实生活的各个角落。读着这些故事，犹见时代前行的脚步，也耳闻沉疴因袭的呻吟；有对美好心灵的礼赞，也有对丑恶现象的鞭答。文字晓白，庄谐相得，时而令人捧腹不已，时而令人沉思良久，不失为从一特殊的角度，发自一个独特的灵魂，唱出的一首都市咏叹调。

但愿广大的读者喜欢它。

（原载《深圳特区报》1992年9月20日）

架一道跨世纪的金桥

当历史车轮行进到1993年的时候,世界被一个消息所震撼:领导中国人民的核心力量中国共产党作出了《关于建立社会主义市场经济体制若干问题的决定》。这是近代中国人民自鸦片战争以来150年苦苦求索强国富民之路的共识,这是自中国共产党十一届三中全会以来15年改革开放伟大实践的结果。

1979年,刚刚结束十年"文革动乱"和冲破"两个凡是"束缚的中国人民,正困惑于路如何走的时候,我们的总设计师邓小平同志把一个默默无闻的边陲小镇——深圳,推到了改革开放的风口浪尖上:"可以划出一块地方,叫特区,中央没有钱,你们自己去搞,杀出一条血路来。"

钱!好汉也怕钱来磨。扮演着赵公元帅的深圳金融界没有辜负邓小平同志的期望,在特区建设中担起了赖以挂其间的重任。时间过去了4000多个日日夜夜，1993年的深圳金融界，你如何了……

　　钱者，货币也。《辞海》溯源：本作泉，取其流行周遍的意思……流行周遍，像人的血液一样，这血管便是银行。外地人来深圳，莫不感叹，此地银行多过米铺，几乎走错了也能碰上。的确，一个以中央银行——中国人民银行深圳经济特区分行为中心，专业银行为主体，其他商业银行、外资银行、非银行金融机构为辅的多元化的较为健全的金融体系已在深圳初步形成。目前，深圳拥有国内各类金融机构842家，外资金融机构37家，879个金融网点遍布于特区大街小巷。金融从业人员两万名，其密度之高，种类之齐全，从业人员所占人口比例，均为全国之最。仅今年前11个月，共吸纳存款就有80多亿元人民币。深圳金融与内地金融的资金融通日益扩大，深圳已成为国内资金的重要集散地，全市银行存差165亿元，居全国第二。至今年上半年国内外金融机构外币存款45亿美元，有力地支持了外向型经济的发展。在今年金融宏观调控中，央行总行下达购买170亿元融资券任务，深圳一口气吞下了65亿元，占了全国的三分之一。

　　证券股票，几年前对于中国人来说，还是个陌生的名词，而在今天的深圳，却成为众所瞩目的焦点。目前全市共有证券交易场所144个,异地会员74家,有60多家香港及海外证券商成为深圳B股承销商或经纪人。目前在深圳挂牌上市的64家企业中38家是异地企业股票,并有19家企业上市B股交易。股票总市值1200亿元,今年前11个月,股票成交额已突破千亿元大关,最高日成交额达到了20亿元。

外汇,又一个怪物。十几年前,谁若有一两个洋钱,真个会说不清,道不明。如今的深圳人谁手上没有几个港币。1985年11月全国第一家外汇调剂中心在深圳成立,1990年外汇调剂中心实行了会员制度,采取由经纪人竞价买卖的交易方式,今年夏天国家取消外汇限价后,外汇交易更趋活跃,外汇调剂市场成立以来,累计成交外汇132亿美元。

随着人们生活水平的日益提高,金饰品市场应运而生。目前全市共有金银来料加工企业32家,国营金银首饰加工厂10家,零售网点47家。据初步统计,今年金银来料加工进出口量在20吨左右。国营加工量约3吨,零售量在2吨左右。

保险市场更呈多元发展之势,竞争机制已经初步形成。中国人民保险公司、平安保险公司、太平洋保险公司三家争雄,再加两家外资保险业的引进,竞争激烈,煞是热闹。目前仅三大保险公司的承保额已有3000多亿元,保费业务收入十几亿元,今年 1-8月,仅平安保险公司上缴利税就有2.2亿元。保险服务险种、保险覆盖率、投保率均达较高水平。

去年1月28日，一记清脆的锣声宣告深圳有了期货市场——有色金属交易所。迄今为止，交易所成交金属总量253万吨，合同履行率达100％，合约转让率占96％。今年的成交额已达351.1亿元人民币。可以预料，各类期货的交易必将在深圳迅速发展起来。

路是一步步走出来的，回首今年，深圳金融又展示出令人瞩目的新变化。

一是中国人民银行深圳分行的中央银行宏观调控职能日渐增强。首先自1986年开始，深圳实行了信贷资金的切块管理，特区分行对整个金融业的管理权威明显高于内地分行。同时分行积极探索银行以直接调控为主转变为间接调控为主的途径。一方面按《巴塞尔协议》制定并全面推行银行业资产风险管理，今年先在农行深圳分行、交行深圳分行和招商银行开展试点，明年计划全面推开。另一方面今年6月建立了深圳经济特区融资中心，通过融资券的发售和回购来调节银行系统的超额准备，实现中央银行基础货币吞吐，逐步营造一个活跃的规范化的短期资金市场，走出利用"规模"、资金计划等行政手段直接调控的模式。

二是银团联手保重点。这一方式在国际大规模工程建设中广泛使用。今年在深圳也以醒目的标题出现在各报显要位置上。至目前,四大专业银行牵头,十几家银行联手向盐田港、梅澜公路、深圳机场、北环快速干道、布吉至龙华一级公路、21万门市话工程、"菜篮子"和水利工程贷款8亿元,极大地推动了市政重点工程的建设。

三是商业银行新的发展。我国第一家企业法人持股的商业银行——招商银行,和第一家上市股份制商业银行——发展银行,积极向外拓展业务,目前已在北京、上海、大连、海口、广州、武汉、珠海等地建立了分支机构,招行在香港设立了代表处,充分显示了商业银行的活力。招行人均创利突破40万元,居全国金融行业之前茅。目前深圳各类商业银行共有40多家,其中有15家都是在今年建立起来的。

四是城市信用社如雨后春笋般建立。在仅有一家罗湖城市信用社的基础上,今年经分行批准成立了南山、福田、联益、金威等11家城市信用社,特区合作银行系统已初具规模。

五是金融学术空气活跃。随着深圳金融的发展,国内外学者的眼光纷纷投向这里。今年各类国际性学术研讨会、座谈会、报告会共举办过20多次,涉及货币、证券、期货、外汇、黄金、保险等金融各市场、各门类,极大地开阔了人们的视野，加强了与国际金融界的联系，为建立有中国特色的社会主义金融体系起到了积极的作用。

六是引进了一大批金融建设人才。任何事业竞争，都是人才的竞争。有关资料显示，在香港每72个人中就有一个银行从业者。深圳要建成区域性国际金融中心，急需大批人才。为此中国人民银行经济特区分行领导和人事部门积极努力，今年共争取外调干部1000多人，绝大多数都是学有所成的中、高级金融业知识分子。同时紧抓干部的培训，今年，从央行培养、锻炼后派往各银行和金融机构的干部就有50多人，几年来累计近200人。难怪人们赞道：央行深圳分行是深圳培养金融干部的"黄埔军校"。

金融宏观管理方式的变革，金融市场的初步发育，金融实力的增强，极大地提高了深圳金融体系的稳定性和抵抗风险的能力。在经受了1988年抢购风，1989年企业存款大滑坡及香港中资银行存款挤提波及深圳的考验后。在今年夏秋整顿金融秩序的大环境下，仍然保持了"存款继续增长，贷款增速较快，存差有所减少，现金呈净回笼态势"的局面，再一次经受住了考验，显示了深圳金融体系较强的稳定性。深圳金融业在资金吞吐、证券交易、票据贴现、外汇调剂、金饰品买卖、金融网络、金融工具诸方面，作为南中国金融中心的地位已露端倪，为下一步发展成区域性国际金融中心奠定了基础。

21世纪一天天向我们逼近,一些发达国家已经开始倒计时,甚至以秒计数距离2000年到来的时间。在世纪之交的地球上,挑战、机遇、潜力、出路同时存在。深圳金融业的命运也是如此。对此,身为特区金融首脑的王喜义行长毅然表示:深圳作为改革开放的前沿,应在我国银行业的市场化和国际化上先走一步,而这条道路是深圳银行改革与发展的唯一选择。

这将是一幅怎样的蓝图呢?

一个有效的宏观调控体系,一个健全的金融组织体系,一个活跃的金融市场体系已勾画出初步的轮廓。中国人民银行的宏观调控将实行三个重大的转变:即由直接调控为主转变为间接调控为主,由数量型调控为主转变为质量型调控为主,由供给型调控为主转变为需求型调控为主。

专业银行商业化:彻底改变全国一个大法人,全国同吃大锅饭的局面,使各专业银行成为一个金融主体,成为自我发展、自主经营、独立核算、自负盈亏、自我约束、自担风险的货币商品经营单位。同时有步骤地发展各类商业银行,形成竞争的局面。

金融市场大发展：包括外汇交易市场、黄金交易市场、金融期货市场、中国人民银行业务公开操作市场。形成一个全方位、统一开放，通过港澳与国际市场衔接的金融大市场。各金融从业单位自主、平等、开放、竞争并自担风险地在社会主义市场经济的汪洋大海中奋力搏击。

货币金融乃百业之支柱，近代文明的一个重大成果，社会进步的一根杠杆。金融改革必将继续像杠杆一样撬动我国社会主义市场经济的发展，并将引起全社会经济的、文化的、伦理道德的嬗变。这绝不是危言耸听。当年，马克思不正是从一个个单一的货币中发现了资本的奥秘，从而确立了一整套马克思主义学说么。诚如全国经济工作会议上所强调的：在社会主义市场经济条件下，金融在国民经济中的作用日益重要，金融体制的改革已是当务之急。改革也是一场革命。这场革命将决定我们国家、我们民族以怎样的面貌、姿态与步伐进入新的世纪，并在很大程度上决定我们在21世纪的走向，以及我们在21世纪世界文明中的方位。肩负着改革开放排头兵重任的深圳金融界，正在架起一道跨世纪的金桥。

（原载《金融早报》1993年12月18日）

历史等到了8.26

——写在深圳特区成立20周年

　　台湾学者李敖，把中国人百年奋斗的目标简练成解决"挨打挨饿"四个字，真真力透"史"背。国弱挨打，民穷挨饿，近代中国无数先驱前仆后继，以血肉拼搏，莫不是为此上下求索。为了寻求强国富民的道路，先知们苦心经营了种种方案，变法图强，美妙的蓝图"引无数英雄竞折腰"。百余年来，先有康有为的《大同书》，后有孙中山描绘的《建国方略》。然而，囿于种种缘由，都化作了血与火的幻影。直到中国共产党的出现，历经28年的艰苦抗争，中国人才站了起来，告别了"挨打"的屈辱。又过了28年后，摆脱了"文革"梦魇的人们，突然惊恐地发现，"挨饿"如同幽灵还在中国大地上游荡。用当时文件里的话说，不少人还很贫穷，没有解决温饱问题。中国人的富强梦仍是悬在天穹的一抹清辉。

　　出路何在？突破口又在哪里？小平同志的目光投向了近代中国最早"挨打"的地方——南粤。正合了"在哪里跌倒，就在哪里爬起来"的路数。"办一个特区"，"杀出一条血路来"。总设计师匠心独运，由点发轫：深圳、珠海、汕头、厦门；接着连线：沿海14个城市；然后成面：形成中国东南沿海开放带，渐次向内陆腹地推进，直至今天的开发大西北，形成不可逆转的改革开放大趋势。中国人的富强梦终于从深圳的20年里露出了大概轮廓，人们才记住了8月26日这个特区诞生的日子。

　　这一天，深圳周刊的同仁做了两件事。一件是赴北京找到了20年前的8月26日叶剑英元帅主持的五届全国人大十五次会议上，讨论《广东省经济特区条例》时的珍贵镜头。是历史的巧遇，抑或是历史的选择，代表国务院提交特区条例并作说明的，正是时任国家进出口管理委员会副主任的江泽民同志。一个地方性法规交由全国人大通过，在共和国的立法史上恐怕是绝无仅有的，其本身透露的信息已经太多太多。第二件事是奔赴广州采访深圳经济特区首任市委书记吴南生同志。年近八旬的吴老，侃侃长谈3个多小时不显倦态。就让我们用20年前的历史镜头作封面，以《吴南生访谈录》作头题，来纪念开始"改革开放富起来"的这个日子吧。

（《深圳周刊》2000年36期卷首语）

初识宝安日报

《宝安日报》办了15年,说来惭愧,笔者却是最近才见到。将近一个月跟踪看了下来,令人印象深刻。其对社区报定位的坚守,鲜明的区域新闻特色,活脱的版面语言表达,展现了别具一格的面目和个性。

一、更近当然更亲

纸质媒体为读者服务,新闻的接近性原理当成为题中要义。得天独厚的地域优势,为社区类报纸提供了城市主流大报难以企及的挥洒空间。"离我更近,当然更亲"宝安日报响亮地打出这一口号,赫赫然印在报头上。浏览该报,16个8开版,其中3/4以上的采编内容都关乎社区、是当地居民急于想知道的。在这里,"是否有新闻价值"的判断,细化为"对谁有新闻价值"的取舍。贴身服务锁定的目标读者，迫使新闻信息更加凸显出实用价值。即使是对于社区之外的本市及国内外重大新闻，也尽可能从社区居民的视角进行解读，着陆于地方生活的氛围，演绎出民生新闻的元素和色彩。6月20日中国成品油提价，乃牵一发而动全局的大新闻。该报当天在头条主标题《汽油柴油今日凌晨涨价》的题区内，突出"本报记者今日零时31分在宝安广安加油站录得调整后油价……"，一下就拉近了这一重要消息与宝安的干系，紧跟着在第3版和第6版从社区民生反馈和影响的角度详细加以报道。此外，社区报尤需注重新闻语言的亲和力。黑压压的大块文章，板起面孔的说教，对于社区报都是犯忌的。宝安日报同仁深谙此道，力求叙述语言的通俗、直白、亲近。如6月8日第8版的图片新闻标题《阿婆，快将大米收回家》，本是对在公路上乱晒谷物的批评，而读者听到的却仿佛是邻里之间温馨的招呼声。

二、更小就是更多

一是表现在小事。所谓鸡毛蒜皮之类，城市主流大报鞭长莫及而对社区居民又实用的消息。诸如哪个路口该避开的提醒（6月21日第3版），哪根电杆工具箱没盖好的警示（6月19日第10版）。二是表现在小文。新闻报道强调短小精悍,在有限的版面上提供尽可能多的信息。宝安日报鲜见千字以上的文章,在一个8开大的版面上,往往有七八上十条报道,其中还不乏较大版幅的图片,使读者获取更多的丰富实用的资讯。更小就是更多,正是社区报信奉的理念。

三、更独才能更广

一个产品的核心价值在于它的专有和不可模仿性。媒体亦然。以本月中旬发生在深圳百年一遇的暴雨为例,录得的最大降雨量就在宝安社区。该报连续3天,20多个版面的全方位报道所形成的新闻内生能力,是独有而难以复制的。当市场没有其他信息产品能满足社区读者的独特需求时,才有可能避免新媒体时代大众媒体同质化面临的危机,从而在一个细分的市场获得更广泛的认同。据统计,宝安日报目前每天发行8万份,大大超过任何一份报纸在该地的发行量,显示出了独特的魅力。

就在去年,《正在消失的报纸:如何拯救信息时代的新闻业》翻译出版。书名有几分警世危言的味道。作者菲利普·迈耶是美国新闻学教授,甚至预警2043年主流报纸行将结束历史使命。即便悲观至此,迈耶却高看一眼"为特定受众服务的特制化媒体则比较乐观,这对小型报是好消息"。社区报当属此列。倘若此语不幸言中,今天报业集团对宝安日报的收购和实践,则将是具有战略意义的探索了。

（2008年6月30日）

丝竹悲激杂清讴
——读《林芝晚笛》

　　长林同学在校与我不同组，没有住一个寝室。唯有一次同居，通宵达旦，是在他蒙垢移送有司之前，被校方轮派去看护了整整一夜。二里半一栋小楼，房间里一小床，一小桌。门口备椅一张，则是我的座位，交代的任务是盯人，防止不测意外，自然不能睡觉了。此情此境，实非秉烛夜谈之地，只言片语应答而已。长林彻夜未眠，心有愤愤不难想象，然而，"休管他人说长短，傲雪梅花笑霜风"。其淡定从容状，如在昨日，丝毫也没有校方担心的"轻生"影儿。此后一别 30 年。复越十载，便是此番毕业 40 年国贤、桂英夫妇精心周到的郴州聚首了。

甫一见面,长林从纸袋里掏出一本书,"林芝晚笛"四字裹着墨香。封面设计淡雅、字体隽秀飘逸。仿若一曲悠悠情深的丝竹从 40 多年前的岳麓山下飘来。

"问世间,情为何物,直教生死相许?"姜长林、陶完芝两位同学的爱情故事,在我辈中当是最为接近这一境地的了。一对飞出大山窝的二十好几的青年男女,怀揣着求知的渴望,来到省城高等学府。孰料遇上了一个特殊的年代,"开门办学奔跑忙,时刻卷行囊"。理想与现实的落差,使之"苦闷独彷徨"。西哲培根有言:人心最软弱的时候,爱情最容易入侵。两颗青涩而炽热的心于是慢慢融合在一起,"一来二往感情笃,二人互吐爱慕心,愿作鸳鸯比翼鸟,效法兰芝与仲卿"。这首先犯了大学生不准恋爱的时禁,再加之无端"诉军婚",更是大逆不道了。一个"衔冤负屈回山沟"遣送农村,一个"可怜情人锁囹圄"三年牢狱。其情景与眼前正在热映的电影《芳华》颇有几分相似。若在当下时风,"宁坐宝马哭,不坐单车笑",早就拜拜了。

面对突如其来的"风霜雨雪严相逼",高墙内外,两颗心同频共振,"鸿雁传书,及时交帖"。熬过了漫漫一千长夜,终于修成正果,"手捧证书双泪流,茅屋陋室良缘结"。又喜春回大地,80 年代初得以重新录用,恢复学籍,重返黉门。二位从乡间寺庙小学起蒂,一步步走上市属重点中学岗位,跻身于高级教师之列,桃李满天下。其间付出的艰辛远非常人可比。尤为可喜的是,而立之年得千金,聪慧伶俐,人大毕业,清华硕士,活脱脱一女学霸。至晚年,京城久居,女孝婿贤,南来北往,含饴弄孙,其喜洋洋者矣;遍游长城内外,时览异域风光,"赢得晚年乐融融"。"林芝晚笛"正是两位同学的情愫留影,人生写照,时代律动,吹奏出一首首凄美的爱情恋歌,一曲曲和美的家园赞歌,一章章壮美的山河颂歌。

在校见识长林同学的才华是从一手好翰墨开始的。字是门头书是屋,本人素无训练,钢笔勉强应付,毛笔则不敢示人,工作以来于写字养眼者往往高看三分。孩子少时又忽视了让他习字,故而只能寄望于孙辈了。去年儿子一索得男,便遵辈分"齐",取名"齐砚",意在期许今后能写一手好字。读过《林芝晚笛》,内附书法数幅,软硬笔兼施,行楷隶皆能,足见其功力之深。至于古体诗词作品,班门弄斧,不敢妄评。但读来朗朗上口,不觉扞格,如闻宫商声。可见其平仄音韵掌握娴熟,手到擒拿。相对而言,我更喜欢长林的长短句。诗之格式尚好把握,大凡五言七言。平仄四型;偶句押韵,一韵到底。外加律诗颔、颈两联对仗。门槛虽不高，写好也不易。词则更难了，词牌数百种，绳墨各异，变化多端。背下来都不简单，何况还要用恰当的词汇表达出诗人丰富的情感与见识。

王国维《人间词话》有言："诗之境阔，词之言长。"说的是诗的境界开阔，词的境界狭深。"词之为体，要眇宜修，能言诗之所不能言，而不能尽言诗之所能言。"适宜经由细节来表达词人的内心，偏重个人情感的编织。《林芝晚笛》中填词用到了几十个词牌，有不少作品都是对恋人的赞美，对个人际遇的咏叹，便很好地体现出词作这一特点，妩媚、婉约、细腻。"彩线银针玉尖绕，细拢轻挑，织绵怀中跳。"（《蝶恋花·赞完知》）佳人结绳编织，诗人凝情相望的缱绻温婉跃然纸上。"光头黄瘦赤日炎，褴褛粗糯湖鸭列。一二三，装入鸽子笼，难见月。"（《满江红·无题》）作者于洞庭湖区服刑，托物及己的隐喻令人喟叹。又如《临江仙·雨后桃园》上阕："一夜西风清叶落，满园桃树光溜，赤条裸体忍娇羞。精神依旧在，情韵蓄枝头。"蕴藉含蓄的意境给人以多元的想象空间。诗庄词媚，诗显词隐，长林深谙此道。

《林芝晚笛》共有诗词 546 首，佳作佳句不少，惜乎其藏，倘若从中精选 100 首，是完全可以公开出版，留存久远

的。本人一生替人作嫁衣，忝列编审，如今仍操旧业，长林
同学若有意愿，当效力玉成也。我曾设想，当年毕业，正是
"文革"结束，传统文化断代之际，若无三年囹圄，以长林的
词学功底，考个把当代词家如夏承焘先生的研究生应该是
不难的。值此国学时髦，四班出了个走上《百家讲坛》的大
词家，岂不与有荣焉。

郴州分手不几日，长林又传来了新作《踏莎行·郴州聚
会》，寥寥数言，40 年同学情尽在其中：

遍地黄花，

郴州聚会。

东家组织劳心瘁，

吃喝玩乐巧安排，

麓山飞梦再回味。

一路欢歌，

漫山苍翠。

入住福泉炫华贵。

肌肤温润悦心颜，

芳尊频举何言醉？

　　辑录如上，一作《林芝晚笛》拾遗，二作小文收束。莫道桑榆晚，为霞尚满天，期待四班同学来年再相会。

（2017年10月）

深圳市民论坛·主持人语（1组）

　　2004 - 2005 年间，笔者曾主持深圳特区报·深圳新闻网报网联动的"市民论坛"，每周一期，撰写《主持人语》专栏文章，忝获广东省新闻奖专栏一等奖。

给失败者加分

乍听标题，有几分异类。好在不是笔者原创，乃科技部前部长朱丽兰做客央视，就创新问题《对话》所言，于是用作标题了。

朱部长的话缘起于以创新、创业著称的美国硅谷。这个鼎盛期上市公司市值高达7500亿美元的城镇，在评估项目的科技含量和预期收益时，风险投资家剑走偏锋，对曾经失败过的科技人员以加分待遇。美国最近畅销一本新书，名为《硅谷的优势》。据说里面有个新词，叫作"硅谷的环境要素"，归纳出10条，认为这些要素构建起一个盆地，孵化出新经济时代的美国精神。其中，"对承担相对较高风险给予奖励并且容忍理解失败"赫然列为第5条。

给失败者加分，似乎偏离了价值评判的坐标。细细品味却意蕴绵长，起码包含了两层意思。一是着眼于考察历史，你失败过，便意味着你有过创新的实践和体验。二是着眼于预期未来，你失败过，子曰"不贰过"，你会比别人少走些弯路，成功的可能性便更大。如是，给你加分实在是不无道理了。这里，首先加的是经验分。其次要加精神分，惟勇气是也。因为创新的过程，就是看到他人未曾看到的一面，想出与别人不同的道理，干着前人没有干过的事情，没有现成的东西照抄照搬，哪有从不失败的道理呢？面对失败，有两种人生态度，一个是一蹶不振，一个是愈挫弥坚。你选择了后者，继续创新与创业。歌德说："你若失去了财产——你只失去了一点儿；你若失去了荣誉——你就失掉了很多；你若失去了勇敢——你就把一切都失掉了。"而你，却保住了一切。

深圳是一个移民城市，在创业、创新方面有一种与生俱来的社会文化优势。市委工作会议提出，要利用这种先天优势，大力营造既崇尚成功，又宽容失败的宽松氛围，把深圳打造成创业者的乐园。确实，人们常把失败比作成功之母，"母"之不存，"子"将焉附？因此会议提出：考虑利用一些物质上的条件给那些真正的创业者提供一个底线保障。即使创业失败了，也可以维持一段基本的生活。对于因敢闯敢试而失误的干部，市委也一定会正确对待，让敢闯敢试的干部无后顾之忧。这一提法，与给失败者加分异曲同工，体现出开明的社会意识，宽松的舆论环境和求贤若渴的价值观念。

当然，创新要求揭示那些别人还未认识的规律，尤其需要实事求是的科学精神，而不是盲创、蛮创、乱创。类似于阎锡山当年修铁路，非要创新一个窄轨来，留下诟名，自然不在"加分"之列。对于这些，我想是不会有歧义的。

（2005年4月9日）

想起了熊德明

"薪",一为"薪水"之简称。

《辞海》注:意谓供给打柴及汲水等生活必需费用。

正是去年秋冬间,也到年末讨薪时,一篇《总理为农民追讨工钱》的通讯传遍了大江南北。重庆云阳一农妇偶遇来家巡访的共和国总理,实话实说。6小时后,她就拿回了丈夫被拖欠达一年之久的打工钱。"欠农民的钱一定要还",总理的话掷地有声。全国范围内一场替农民工要回工钱的"运动式追讨"由此展开。这个农妇叫熊德明,一夜之间成了家喻户晓的"讨薪明星",化作了打工者追讨工钱的特殊符号;并荣获CCTV中国经济年度人物公益奖。专家们给出的理由是,其社会学价值与当年经济精英们的经济价值等量齐观。

农妇的际遇,颇有几分中国古典悲喜剧的味儿。谢幕之后,人们思考得更深了。如何根治欠薪问题,摆上了各级党和政府的重要日程。作为最早创造"打工"这个名词的深圳，自那时起历时一年，数易其稿，先后经市、省两级人大常委会通过批准《深圳市员工工资支付条例》，便是事物发展的成果之一。随着文件近日公布，12月1日正式实施，无疑将给数百万打工者送来最好的年终礼物，撑起一把依法维护劳动者权益的"保护伞"。

相对以往的条文，新的条例针对欠薪过程中暴露的突出问题，有的放矢地制定出维护员工获得劳动报酬的规定，显得更加严密，更加明确，也更具可操作性。其中对工资的重新定义，对劳动关系如何确认，充分体现了保证每一个劳动者获得应得的报酬的立法初衷。而对企业违规罚款3-5万元和必须向员工支付25%的补偿金的规定，既处罚了欠薪者，加大了欠薪企业的机会成本；又给予员工在被欠薪期间物质和精神遭受伤害的补偿，折射出人性和法制的光芒。

市场经济看似自由，实质是法治经济，因为自由的"另一特性却是必然"（黑格尔）。"不患无法，而患无必行之法"，严格执行《深圳市员工工资支付条例》，便是下一阶段更为艰巨的任务。欠薪之事，并非内地特有，一河之隔的香港，今年1-8月也发出了拖欠工资被定罪的传票352张。于是，就近取喻，信手拈来一案：

时间：2004年9月23日

地点：观塘裁判法院

被告：某珠宝厂有限公司

涉及员工数目：3名

被控罪名：未按雇佣条例规定，在工资期届满7天内支付工资予3名雇员

罚则：被判罚款16500元（审讯前雇主已付清拖欠3人工资45500元）

无须赘笔点评，当法治成为现实的普世常态，并且操作到如此缜密的时候，根治欠薪的日子便不远了。千千万万个熊德明和他们的亲人，再也不必非到年终岁末才有一场欠薪与讨薪的博弈，生出一些令人扼腕叹息的事端来。

（2004年11月6日）

青涩的"拖糖"

第一次听说而且吃到"拖糖",是在两年前。周末无事,看望关外打工的亲戚。闲聊中,有一年轻女工进来,手捧糖果,嗒了声吃"拖糖",便红飞双颊,跑了。一打听,才知道这"拖糖"由喜糖衍生,意在告知大家:我拍拖了。回想我辈当年,谈情说爱唯恐外人知晓,哪敢如此声张。"也难怪。"亲戚说,"来了几年,喜糖没吃过,'拖糖'倒是吃了一拨又一拨。"

咀嚼着"拖糖",总觉得有几分青涩。这是正值恋爱花季的外来女工对异性情感需求的释放,是面对失望和无奈而追求爱情和婚姻的顽强努力。漂泊异乡的孤寂、流水线的单调、城乡身份与教育程度的差异,加上女性自身的生理和心理弱点,当心中的浪漫遭遇现实的无情击碎,憧憬中的婚姻可望而不可即时,"无果之花"的恋爱转而成为常态式的行为诉求。"拖糖"与喜糖脱节,自然导致灵与肉、性与婚姻的分离,于是,酿成了几多屡见不鲜的人生悲喜剧。一如培根所说:"当人心最软弱的时候,爱情最容易入侵,最急于跳入爱情的火海中。"

数百万正处青春躁动期的外来工大规模迁徙来到我们的城市,其婚恋生育,便成了构筑和谐深圳的题中要义,足以引起城市管理者和工、青、妇组织的高度重视。首先要让那漂泊的心灵栖息于稳定的载体上。企业虽是其中之一,但能够担当起载体重任的还得首推社区。随着市场经济的确立,企业将主要成为社会劳动的场所。社会职能向社区的转移,使之成了联结个体与社会的桥梁与纽带。外来女工大多就散居在我们这座城市的各个社区里。对于她们的精神生活尤其是业余时间,用人单位几乎无从知晓或是不闻不问。社区成了外来女工赖以依托的家园,也是她们思想道德素质和文化知识水平提升的重要平台。通过社区载体的建设,组织丰富多彩的业余文化娱乐活动,焕发她们的精神,排解性的压抑;开办外来女工学校,提供婚恋心理和生理方面的指导服务;采取多种途径提高她们的综合素质,促进其精神的升华,逐步增强自尊、自爱、自强的信心和能力,走向正常的婚恋生活。

要做好这一切,普世的人性关怀先要落到实处。必须消除户籍观念,实行"按现居住地管理"的原则,真正认同每一个居住者都是合法的社区成员,纳入规范的社区环境中,尊重并保障她(他)们的安全和权利。她们来到了这里,奉献了自己的青春，她们就是新的城市居民，并将繁衍城市的子孙。想想我们的父母或祖辈，不也是若干年前进城的"打工仔""打工妹"么。

"打工妹"这词儿据说不用了，替代的称呼是"外来女工"或是"外地来深女建设者"。我倒以为，这个诞生于20世纪80年代的名词是一个特殊的话语符号，读来也不无亲切。当社会真如父兄般予以她们关爱的时候，涩涩的"拖糖"也许会愈来愈少，而甜甜的喜糖就会多起来。

（2005年1月29日）

法治、发展与清理违建

参与"市民论坛——为清理违建支招",便想入内里探个究竟。关内关外跑了几回,站在密如蛛网的楼群前,眼见违法建筑的严重与复杂,感慨多多。

"政令必行,宪禁必从,而国不治者,未尝有也。"所以,治理违建,第一步当遏止新的违法建筑,下死命令让违建者无所施其技。否则,旧的未除,新一波违法抢建又起,永远走不出越拆越多的怪圈。10多年来,法律法规接二连三,清拆之声不绝于耳,而违法建筑却顽强地如雪球般越滚越大,缺失的就是一个"法"字。法既明而执之松,就如韩非子所说:"以宽缓之政治急世之民,犹无辔策而御悍马,此不知(智)之患也。"既有法度,又属违法,便当以法治之,来不得半点含糊和动摇。需要强调的是,法不容情,罚不讳强,管你是"父母官"、地头蛇,如若违法,照样治罪。大凡违法建筑失控的地方,多是领导带头建,有权有势的抢着建,群众跟着建。"村看村,户看户,群众看干部"这句套话,如今倒是反映了某些地方违法建筑大行其道的现实。眼下正在讲提高执政能力，遏制新的违法建筑，正是对我市各级党和政府的一次实实在在的考验。

幸喜的是，"疏理行动"以来，在政府的号令下，市民取得共识，长排山坡的炮声，罗湖法院的判决，一座座危楼轰然倒塌，一片片棚屋夷为平地，初步刹住了违法建筑的势头。

然而，冰冻三尺非一日之寒。在清理违建的过程中，数字显示90%的违建都发生在城中村里。城中有村，村中建城，一户户百来平方米的宅基地，陡地矗立一幢幢八九上十层的高楼，相互之间，几可亲吻。电线如蜘蛛挂网，住宅成无证食肆，隐患四伏，险象环生。这是伴随一个边陲小镇飞速发展带来的异数，仍然只能用发展的思维去破解。因此，改造城中村便成了今日深圳可持续发展战略实施的必然要求。

城中村的改造首要的是思想的蜕变。由农民变为市民，城市居民证可以一个早上发给，千百年来所形成的思想观念却留下深深的烙印。一是表现在对土地的依附上，过去地里长庄稼吃粮，现在地里长房子食租，于是房子便像甘蔗似的越长越高了。洗脚上田的农民真正融入现代城市生活还需一二代人的努力。二是脱胎于村委会的股份有限公司基本上保留了农村政、企、社合一的组织形态，与现代企业制度的要求相去甚远。居委会实际上成了股份公司的下属部门，从而形成少量稳定联系的村民和数倍于村民的松散流动的外来人口"两张皮"的社区管理结构。形形色色的问题滋生也就不足为怪了。

面对这个艰难而漫长的过程，期待毕其功于一役不现实，明日复明日的等待更会贻误发展的机遇。如今要做的是，抓住一个要害——厘清土地权属关系；突出两个关键——连续稳定的政策和符合城市发展要求的规划；调动三个积极性——当地政府、村民、发展商；注意四个防止——防止新的违法建筑、防止城中村的扩张蔓延、防止一哄而起、防止借改造圈地搞房地产。稳打稳扎，条件成熟一个改造一个，一步一步地改善基础设施和功能配套，推动社区组织形态的转变，促进村民融入现代城市生活，加快向现代城市居民的转化。以法制治市，以发展图新，将是摆在我们面前的永恒的主题。

（2004年10月25日）

人车情未了

　　中国人对车的情结，可以追溯到赫赫始祖。黄帝大名轩辕，唐代杨倞所注《荀子·解蔽》解释，因"黄帝时已有车服，故谓之轩辕"，不难看出古代先民对车骑的景仰与向往。及至夏时，"奚仲作车"，官拜"车正"，专职车辆制造。秦王扫六合，首先抓住"车同轨"，想必车辆不少，当从交通入手一统帝国。《后汉书》记载：云辎蔽路，万有三千余乘。其车辆保有量比今天深圳的的士还多。捧读诗词，更见"车痕"累累："车骑填巷，宾客盈坐"的都市盛景，"车辚辚、马萧萧"的出征，贵妇人"罗帏送上七香车"的奢华，卖炭翁"晓驾炭车辗冰辙"的辛酸。客车、战车、货车、人力车无一不在文人骚客的笔墨里占着位置。宋代以后，独轮"鸡公车"几乎成了民间常备运输工具，千百年一直传了下来。1967年，笔者还见过母亲坐上老祖宗留下的"鸡公车"赶回城里。一辆大车一匹马（牛），便是先辈们世世代代梦寐以求的富庶生活的象征。

现代概念的汽车第一次现身中国有103年了。两辆汽车招摇过市于上海滩，一时引起轰动。然而，大半个世纪，中国人穷于应付挨打和挨饿，拥有一辆自己能动而驰之的座驾，遥遥不可及也。直到进入上世纪80年代，国人才燃起一圆车梦的希望。地处改革开放前沿的深圳，先得其惠。据说全国卖出100辆汽车，深圳就占了6辆，连续四年，以每年十几万辆的增量，超常规、高速度、车轮滚滚地驶向汽车社会。

谁知刚刚陶醉于现代文明的愉悦之中，同汽车结下了情缘的时候，一个怪物遮天蔽日地向我们包抄过来。于是，大气环境污染的"元凶"、光化学烟雾的"罪魁"、人类健康的"杀手"，直指我们为之钟情的汽车。原因都是汽车屁股冒烟。为此，深圳专门成立了机动车排污监督管理中心。采取的措施之一，就是继北京之后，对汽车尾气排放实行黄、绿标分类管理；并将于明年初，在部分路段和时段禁止黄标车的运行。据说，有超过10万辆达不到欧Ⅰ以上排污标准的汽车，将不能随心所欲地在道路上行驶。各种设限议论还时有听闻。人车初恋的情丝仿佛要生生割断，控辩双方的意见便争执不下了。

实话说，为了还原深圳上空的一片蓝天，近些年来，政府是用了力的。首先是"疏"。最近对比亚迪电池技术（包括汽车新动力开发）的重奖，尤其是出台地铁2 – 5元的低价位，其决心和导向可见一斑。想想从世界之窗到火车站坐地铁只要5元钱时，有几个人还会劳力费钱耗时地去开私家车呢。其次是"堵"。短时的"堵"，也是为了长远的"疏"。有关资料显示，记录在档的黄标车，大部分车龄都在10年左右，部分禁行，客观上会加快自然淘汰的过程。几年前特区内摩托车禁上新牌照，老车老办法，新车新办法，果然令其自生自灭、渐行渐少。"疏"为主、"堵"为辅，长"疏"短"堵"，无疑是城市交通合理发展的有效措施。

随着深圳地铁的延伸和公用交通体系化，汽车的保有量和出行率自会形成一个合理的比例。西方发达国家平均每户拥有汽车不止一辆，就包含了这个道理。再加上科技的发展，电动车、混合燃料车等等技术的日臻完善和推广，汽车排污终会逐步得到控制。而与车相生相伴的其他问题如占地、能源、道路、安全……一个一个的冲突又会凸现出来。歌德早就说过："自然不知道何为静止，并且也诅咒静止。"人车情未了的故事也就将这样地演绎下去。

（2004年12月4日）

失足者帮教网站的启示

王金云26年的人生,的确是"一念天堂,一念地狱"。16岁的他,凭着聪颖和努力,便跨进了人见人羡的全国重点大学的大门。在校期间又以其突出的表现,被团省委授予优秀共青团员的荣誉。毕业后,他来到了心仪已久的深圳,不出3年,当上了某集团公司人事部长。年轻的他不仅按揭买来了新房,也俘获了一位姑娘的芳心。走出山村的小伙子,此刻正陶醉在个人的天堂里。然而,就在23岁那年,一念之差,他把公司申请的3个港澳往返通行证指标高价卖给了别人,以出售出入境证件罪锒铛入狱,被判处有期徒刑两年,在生命的轨迹上甩下了一条急速坠落的抛物线。

"法律是没有感情的智慧。"亚里士多德的这句话一语道破了法律和人类的关系。走出高墙的王金云深深感到自由的珍贵,也想到那些被无情的"智慧"惩罚的人多么渴望人世有情的关怀。于是,一个以"阳光下"命名的全国首家失足者帮教网站出现了。他现身说法,利用其独特的资源,交叉着失足者和帮教者两个角色,演绎出一个现代公民个性飞扬的故事,给无数的陌生人送去了在无情法治面前的有情关怀。

王金云曾经的迷失告诫我们,这种有情关怀前置的必要性,"法令之设,欲以遏恶防邪,儆戒未然也"。高高张扬法治的精神意蕴,则是关怀前置的全部内容。在这里,"知法"是前提,首先确立起对法律的认知与尊重;"守法"是关键,树立起对法律问心无愧的人生态度;"护法"是要害,建立起视法律为自身需求的归属感和依恋感。由此真切地认同"法律必须被信仰,否则它将形同虚设"(伯尔曼语)。在两年监狱生活中,王金云接触到大量这样的事实:不少人是因为一个念头、一时冲动、一点欲望而乱了方寸;而当法律制裁临头的时候,麻木不仁者有之,心存侥幸者有之,蔑视法律者有之,自以为权比法大者亦有之,真正穷凶极恶地仇视人类和社会的罪犯毕竟是极少数。显然,如何灌输和培育现代法治观念,构筑法治的精神意蕴,增强对权利和平等观念的正确认识,引导全体社会成员树立起对法律的忠诚与信仰,进而自觉地知法、守法、护法,是一个现代公民的必修课。与此同时,针对目前司法、执法中存在的问题,尤其需要采取坚决有力的措施,守住社会公理和正义的最后一道防线,通过严格依法办事,营造出浓厚的法治氛围,从而坚定人们构筑对法律的普遍忠诚与信仰的信心。我市刚刚启动的以守法为重点的现代公民教育，其目的正在于此，体现出前置关怀的精神。

浏览王金云创办的失足者帮教网站，一个数字令人咀嚼。最近3年，全国刑释解教人员达130万之多。欣慰的是，他们当中的70%重新获得了劳动的机会。另一方面，网站上也能看到不少失足者遭遇的种种歧视，亲人的抛弃，求职的艰难和生存的迷惘。王金云在网站上开通深圳第一条失足者热线不到一年，来自各种诉求的电话就有将近1000个。帮助这些为数不少的人重新生活、融入社会，既是对失足者的人性关怀，又是减少不稳定因素，以人为本，构建社会主义和谐社会的迫切需要。

"因寒冷而打颤的人，最能体会阳光的温暖。""阳光下"网站主题词如此呼唤。

（2005年1月1日）

和谐自邻里关系始

"非谢家之宝树,接孟氏之芳邻",留下了国人世世代代比邻和睦的咏叹。然而,随着大杂院、筒子间、里弄胡同和单位宿舍的逐渐消失,曾经的温情脉脉的邻里情结渐渐远离。水泥森林般的高楼大厦里,有的门对门住了几年,却不知对方尊姓大名;有的家入窃贼翻箱倒柜,对面的住户却以为是在搬家。更有甚者,不久前上海华山小区的一对母子意外死去了整整14天,居然无人察觉。铁门之声相闻,老死不相往来。

显然,这不是现代社区的理想生态。自打《周礼》设计"五家为邻、五邻为里",作为乡土社会的一种地缘关系,便深深打下了小农经济的烙印。农村城市化和现代都市发展的步履改变了人们的思想理念和生活方式,上世纪90年代社区的兴起,就是这种深刻的经济社会背景下历史发展的必然产物。"一街共烟霞"将成为记忆里的市井晨曲,一种新的地缘纽带——社区势必取而代之。

深圳现有社区612个,构成了城市的612个原点。在社区中,人际关系集中于邻里之间,构筑这种空间最近（拆了墙是一家）、时间长久（几年、十几年乃至一两代人）的新型邻里关系,无疑是社区建设的重点和方向。有和谐邻里,方有和谐社区,进而构筑和谐深圳。因此要求我们研究邻里关系的嬗变,赋予古老命题以新的内涵,针对社区邻里的组成、交往、生活、矛盾和利益诸方面探索新的思路。从邻里组成由被动安排到主动选择的变化中,寻找邻里间在经济、文化、家庭等方面的共性。从邻里交往由动态直接到静态间接的变化中,努力搭建良性互动的平台。从邻里生活由宣扬共性到张扬个性的变化中,尊重邻居的私人空间。从邻里矛盾由靠社会公德到靠法律、制度的变化中,注重法规制度的建立。从邻里利益由情感支撑到损益权衡的变化中,修复和延续传统的邻里精神。

后者实在要紧,邻里纠葛多涉小损小益,一如"东邻伐树"的故事那样:

> 东家有大枣树垂吉庭中,吉妇取枣以啖吉。吉后知之,乃去妇。
>
> 东家闻而欲伐其树,邻里共止之,因固请吉令还妇。

西汉人王吉休妻是因为妻子摘了邻家的枣,污了清白,未免小题大做;但邻居则认为是自家的枣树所致,所以要砍掉枣树。最后在乡邻的共同劝说下,王吉接回其妻,邻居不伐其树。这大概是古代邻里之间调整利益关系、和睦相处的一个典型了。人类的心是相通的,在法国,每年5月最后一个周二定了个"邻里联欢节",成百上千万法国人敞开自己的家门,在居住楼房的门厅或院子里和左邻右舍一起欢庆这个节日。看来都懂得"远亲不如近邻,近邻不如对门"的道理。

（2005年1月15日）

愿"春风行动"四季常在

节后的深圳,春寒延绵,而在数百万来到这座城市的劳务工心里,却荡漾着阵阵和煦的春风。员工工资支付条例颁布执行受到的法律保护,17场免费专场招聘会提供的就业机会,每月自费4元即可享受的社会合作医疗保险,正在论证的提高最低工资标准……在"春风行动"的名义下,以空前的深度和广度,营造着和谐的用工环境。

这是劳动力市场博弈的一轮良性推动。拐点始于去年9月,由国家劳动和社会保障部发布的《关于民工短缺的调查报告》,传递出劳动力供求关系变动的重大信息。多年来,因为供过于求,似乎"取之不尽",不少劳务工收入偏低,生活环境恶劣,权益受侵害而又难以求助。各地政府为此做出了种种努力,社会舆论也不乏同情之声,然而功效不著。用工短缺引发的市场力量,提供了劳资双方良性互动的一个难得的契机。

这是"三农"政策成果在城市的折射和延伸。外来劳务工绝大多数来自农村。近年来,国家采取了一系列政策扶持"三农"。减免农业税、提高农产品收购价、种粮直接补贴等等,让广大农民普遍得到了实惠。笔者春节去湘西一个在广东打工的农民朋友家做客。这是一个土家人聚居的小山村,靠种植玉米为生。他告诉我,妻子去年在家种玉米卖了3000多元钱;养了5头猪,也可得3000多元。到沿海打工一个月拿不到八九百块就不划算了。农业经济的发展,农村生活的改善,农民收入的增加,有必要重估农民进城务工的成本和价位。水涨船高,提高他们的务工收入,正是工业反哺农业、城市带动农村,全方位推进"三农"问题解决的一个重要途径。

这是以人为本、重视人力资源的一次具体实践。我们欣喜地看到,入春以来,不少企业为招工、用工、留工推出了不少举措。如计算工龄工资、组织员工培训、主动办理保险,有的为新招员工预支一个月工资,有的为女工举办"三八"运动会。这表明,更多的企业认识到不能再像以前那样,仅仅把低成本的劳动力当成赚钱的工具,而应该将其作为重要的人力资源加以培养、开发、利用和保护。改善待遇以吸引员工,加强人性化管理以留住民工,越来越成为众多企业的共识。

经过20多年的改革开放,我国工业化程度已具相当规模。农业仅占GDP的15%，而农业人口比例却高达60%以上。"用贫求富，农不如工"（《史记·货殖列传》）。经济学家指出，在今后的15年里，将有2.5亿农村劳动力转移到城市就业。如此，城乡差距才会缩小，2020年全面建设小康社会的目标才能达到。着眼于这个基本国情，立足于这个历史高度，我们就会自觉摘下歧视的隐形眼镜，在就业定居、社会保障、公共服务诸方面为农民工转化为稳定的产业工人和市民积极创造条件。"春风行动"才会四季常在。

（2005年3月12日）

不要忘了这个日子

想起了一个传说。1957年,苏联发射的全世界第一颗人造卫星上天,消息震动了美国白宫。"赶快查查,我们的小学教育出了什么问题？"不查国防部,不问航天局,美国总统艾森豪威尔的指问,道出了学校文化教育的重要性。

记起了一个故事。几个学子与一个老渔夫同船共渡。学子问渔夫是否懂得什么是哲学,渔夫连连摇头。学子叹息:那你已经失去了一半的生命。这时一个巨浪打来,小船掀翻了,渔夫问:"你们会不会游泳啊？"学子面面相觑:不会。渔夫叹了口气:"那你们就失去了全部的生命。"老渔夫的话说出了人身安全比文化教育更重要。

这也许是生命的哲学。人的一生,自然的或是人为的灾害如影相随。面对危害,更容易受伤的是孩子。俄罗斯别斯兰绑架学生事件的惊恐犹在,美国明尼苏达中学校园枪声又响。从上世纪70年代末起,意外死亡一直居于西方发达国家少年儿童死亡原因排序之首位。在我国,虽然近年来安全教育越来越得到社会各界的重视,学生安全意识增强,防范能力提高,重特大伤亡事故发生率明显降低,但总体情况仍不容乐观。据《人民公安报》报道,近几年,我国学生每年非正常死亡人数超过一万,几乎平均每天有一个班的学生死于非命。与此同时,非致命意外伤害折磨着更多的少年儿童及其父母亲友。调查表明,大部分是危房倒塌、火灾、交通事故、溺水、中毒、爆炸、电击和暴力侵扰等所致。而深究原因,其中的80%却在本可以预防之列。

谁都不可能给孩子一生的安全承诺,然而谁都承担着一份责任。时代呼唤中小学生早成才、快成才,更呼唤保护好他们的人身安全。如何构建起青少年安全成长的社会大环境和校园小环境;如何对中小学生进行切实有效的安全教育,增强他们的安全意识,丰富他们的安全知识,提高他们的自我保护能力,现实而又严峻地摆在了全社会的面前。

经省、市两级人大常委会通过、批准,即将从4月1日开始施行的《深圳市学校安全管理条例》标志着我市中小学校安全管理迈入了法治化轨道,无疑为中小学校园的安全筑起了一道防范的大堤。作为中小学生监护人的父母,对孩子的安全更是须臾不可忽视,应该密切配合学校安全教育,随时、随地、随事对孩子有针对性地传授安全防护知识。当我们牵肠挂肚于孩子们学业成绩的时候，当我们醉心描绘孩子们未来蓝图的时候，当我们精心安排孩子们度过这个节、那个庆的时候，还有一个日子千万不要忘记，那就是每年3月最后一周的星期一——"全国中小学生安全教育日"。早几天，我们做了个口头问卷，90%的学生家长回答：不知道。

（2005年3月26日）

共同承担生命之重

作为唯一以职业命名的国际性节日——护士节，已有93年的历史了。然而，直到前年那场突如其来的"非典"灾难降临，更多的人才记住了这个日子，记住了南丁格尔，还有那洁白的衣衫和活泼的燕帽。在那场人类与病毒的抗争中，当不幸的人儿无奈地与亲人隔离的时候，正是这些被称为"白衣天使"的血肉之躯，用"提灯女神"倡导的"爱心、耐心、细心、责任心"给人以生命的希望和信心。

这种守望生命的承担精神再次凸现在今年护士节的主题里。日前，国际护士会主席和执行主席联名向全球护士宣示，2005年护士节的主题是"为了病人安全，抵制伪劣药品"，并且确定为ICN（即国际护士会）目前最重要的一个战役。

国际护士节的主题抓住了一个普世难题。据世界卫生组织估计，伪劣药品大约占据了世界药品市场的10％，而在发展中国家所使用的药品中约有25%都是伪劣的或不合格的。伪劣药品的危害，一言以蔽之：谋财害命，远非普通日用消费品可以比拟。轻者，延时误诊；重者，致伤、致残、致命。对公众的身心健康和生命安全构成严重的威胁和侵犯。危害既烈而又斩灭不息，盖资本驱使也。对此，马克思《资本论》引用的托·约·邓宁《工联与罢工》鞭辟入里："一旦有适当的利润，资本就胆大起来……有50%的利润，它就铤而走险；为了100%的利润，它就敢践踏一切人间法律；有300%的利润，它就敢犯任何罪行，甚至冒绞首的危险。"循寻资本的踪迹，就会看到在伪劣药品这根链条上，恶之源头在于制造与销售。5年来全国共查处制售假劣药品案28万多起，涉案总值18亿元，捣毁制假售假窝点3088个，取缔非法药品集贸市场116个、无证经营4万多户。为的就是从源头上铲除滋生罪恶的土壤。

护士处于临床第一线，是医院用药的最后一道安全阀，专业素养的要求增添了她们的责任。然而，面对13亿人的生命之重，128万护士显然难以承载。因此，今年国际护士节的主题宣言中号召"包括护士和其他医务工作者、病人群体、医药商和政府官员"都是这场抵制伪劣药品战役的参加者。从增加对伪劣药品的存在和危害性的认识、提供辨认伪劣药品的方法和报告任何可疑的药品、向政府提供建议和意见以控制伪劣药品存在的危害等三个方面入手，推动战役目标的实现。自4月17日至5月27日，我市正在进行的"五一药品市场专项整治清理行动"，正是为了宣传、教育、动员全体市民，共同承担生命之重，也是对是届护士节切切实实的呼应和纪念。

（2005年5月14日）

"丛飞现象"与慈善事业

一个多月来,爱心大使丛飞的事迹在鹏城传颂,也引发出一个"丛飞现象"的话题。

对于丛飞,深圳人并不陌生。他是歌手,曾经用动人的歌喉给我们带来快乐。他是善人,10年来,几乎倾其所有捐助他人,累计接近200万元,给数以百计的贫困山区的学生、孤幼儿童和残疾人送去爱心。身居斗室、单车代步的他,直到病倒下来,连住院医疗费也难以为继;而面对承诺和索要,却在深深自责"不能唱歌挣钱了,那一百多个孩子的学业怎么办?"丛飞的困境,搅动起鹏城一阵爱的热浪。从市委书记到普通市民,无不牵挂着他的一切。人们送来了鲜花,送来了药品,送来了医疗费,送来了新住房……有人承担起了丛飞女儿今后的学习和生活费用,有人接过了丛飞魂牵梦绕的那一百多个孩子的助学承诺……

"丛飞现象"的出现,适逢2005年版中国大陆慈善家排名榜出炉，一时给这个颇遭物议的排行榜提供了另类佐证，既折射出中国慈善事业目前的尴尬，也促使人们深入思考社会救助与慈善事业的衔接。

中华民族自古不乏乐善好施的美德，留下了无数美好的故事。然而，多年来"以阶级斗争为纲"对慈善的贬斥，以及随后市场经济初始不可避免的负面因素，导致慈善事业与经济、社会发展水平呈现不小的落差。资料显示，一些发达国家所动员的捐赠资源接近国民总产值的10%，而中国内地捐赠额还不足0.1%。有经济学家认为，收入分配通常经过三次，第一次通过市场实现；第二次通过政府调节；而个人出于自愿，在习惯与道德的影响下把可支配收入的一部分或大部分捐赠出去，被称为第三次收入分配。由于这种分配是人们自觉自愿的一种捐赠，它所发挥的作用，是市场调节和政府调节无可替代的。在这里，先富起来的一部分人承担得似乎更多一些。据说10年来，美国富豪对慈善事业的捐赠总额超过了2000亿美元。

由此可见，在两次分配之后，社会协调与发展方面留有一个很大的空间，让我国慈善事业的发展展现出广阔的前景。党的十六届四中全会决议首次明确将发展慈善事业作为社会保障体系的重要组成部分，其意义非同寻常。为达目标，营造一个有利于乐善好施的舆论环境，当为首要。再者，需要科学地制定出鼓励慈善捐赠的政策,如税收、管理等与之配套。最后,对慈善捐赠者的反哺似乎也应成为其中之一。诚然,举善"当下心安,非图后来福报也",这是行善者的自励;社会及受助人却不能因此自勉。天有不测风云,特别是当慈善家陷入困境也需要帮助的时候,即可启动回助机制。如同义务献血法所规定,无偿献血者临床需要用血时,可以免交费用。这也许是"丛飞现象"带给我们的又一个启示。

(2005年5月28日)

扣紧监管链

偷来半句莎剧台词:吃还是不吃,这是一个问题。

"苏丹红"、雀巢、碘超标、光明牛奶回收再售、哈根达斯无照"厨房"……从全国两会热议到深圳市人民代表大会一号议案,"吃"还真从热点中一再凸显出来。据报道,由搜狐网和北京数字100市场研究公司公布的最新消费安全调查显示,七成消费者迷惘"今后不知道该吃什么"。如何吃得更放心,便成了本期"深圳市民论坛"的话题。

依惯例,论坛每期邀请三四位嘉宾,由政府主管部门同市民代表一道就当期话题沟通讨论,提供咨询服务。如谈"欠薪"当邀劳动局,话"驾照"便请交警局。本期话题的政府相关部门却难以请齐,农业、质监、卫生、工商、药监、城管、公安、海关……几乎一个也不能少。

排列起来,宛如一条环环相扣的监管链。然而,食品安全引起的案例却接二连三地穿过了这根链条。真个是"三个和尚没水吃"？对此，不少专家提出要改变多头管理带来的政出多门、法不衔接的状况，建立和完善统一协调、权责明晰的食品安全监管体系。这无疑是宏观之治。眼下，我倒以为，以现行机制，马路警察各自管好一段，显得尤为迫切。众所周知，无证照经营乃食品安全的杀手之一，而从我市正在进行的清理无证无照经营专项整治行动的公开报道看，某区16万各类经营户无照者约占1/3，某村无牌经营门店十有八九，连出身高贵的哈根达斯在深生产6年，居然玩的也是空手道，恐怕与监管的疲软不无关系了。

强化监管有赖于认识的深化。国内最近出版了一本译著，叫作《食品政治：影响我们健康的食品行业》，作者玛丽恩·内斯特尔是纽约大学食品研究中心主任，同时出任美国农业部、食品和药品管理局顾问。书封有点睛之笔云："食品政治是美国所有政治的基础。"一语中的，足以为训。

其实，我们的祖先也说得很明白："民以食为天。"随着国民经济的发展和生活质量的提升，食品工业已成为我国第一大产业，2003年总产值突破了12000亿元。与此同时，接连不断发生的恶性食品安全事故引发人们对食品安全的高度关注。面对这个"全球化"现象，各国政府莫不将其上升到国家公共安全的战略高度加以重新审视，纷纷加大了对本国食品安全的监管力度。试想，时而"疯牛病"，时而"禽流感"，世界如何太平？这里洋快餐放倒学生，那里土皮蛋撂倒民工，社会如何稳定？新一届深圳市委、市政府正是从以人为本、构建和谐社会的政治高度，甫一上任，就强调保障食品安全是政府工作的重中之重。作为组成食品安全监管链的各个部门，更容不得稍有松懈。

（2005年6月25日）

门外话车票

余光中先生说，乡愁是一张窄窄的船票。对于数百万内地来深辛劳了一年的打工者，新春佳节的乡愁已然是一张小小的火车票，君在窗里头，我在窗外头。为了这张票，思乡的人儿从四面八方汇聚成人山人海，通宵达旦地排队苦候在售票窗口，如愿者欢声雀跃，空候者眼冒金星。有人形容说造了个"火药桶"，从市长到市民，谁不心里捏把汗。

终于告别了这一幕。火车电话自动订票系统应运而生，立即受到了深圳市民的青睐。试运行以来受理电话订票请求近70万个，售出车票15万张。日前该系统拥有电话1000门，相当于1000个售票窗口，1小时能完成5万张左右的订票工作量，在随即到来的春运火车售票高峰中将大显身手。一个电话，免去了奔波排队之苦，又及时知晓有无票否；散化了群体情绪发酵的空间，便惹不出大的祸兮——哪怕心里窝着"火"。

首先还是"火"在买不上票。电话订票提供了全新的售票手段，但不能消除春运火车运力与运量的矛盾。理论上讲，有求则有供，铁路部门为此没有少下气力。新修铁路、改造路网、更新设备、五次提速，以占全球6％的铁路里程，完成了世界23％的铁路运量。春运期间，更是压货保客、北车南调，2004年春运运送旅客达1.3亿人次。尽管如此，依旧一票难求。看来，如何科学、合理、安全地节令性增扩客运能力，最大可能地缓和春运高峰期的供求矛盾，仍然是铁路线上年年要唱的"主旋律"。

其次是"黄牛党"炒票猖獗，多方整治而收效甚微。相对春运总票数，落入"黄牛党"之手的也许只是少数，然而其导致的对公共管理能力的问责，对行业不正之风的怀疑，对社会诚信的失望，无异于给购票一族火上浇油。电话订票使窗口排队虚拟化，"黄牛党"与市民的购票机率均等，于炒票虽有所设限，亦不过扬汤止沸尔。多年来，市民呼吁"实名制"，现在电话订票程序要求：春运期间必须凭有效证件才能订票和取票，已具"实名制"必备的技术前提。窃以为，何不干脆一步到位——核证验票，环环相扣，一举根治"黄牛党"炒票恶行。据说，同时查对车票和证件会延误上车，影响列车正点。其实不然，对比两个数字或可激活思维：2004年春节前15天深圳火车站每天发送出省长途旅客4万人，而深圳机场1月17日也发送了出港旅客3.8万。人数相差不大,免去登机前复杂的行旅和人身安全检查,火车核证验票的时间似乎更宽裕。"黄牛党"主要炒的是春运长途火车票,作为临时性措施,只对出省列车试行"实名制",不至于太难操作。倘若再有炒票,恐怕是祸起萧墙了。

最终解决矛盾,还得靠铁路的发展尤其是深化自身的改革。我国现有旅客列车日载量280万人,基本上能满足国人火车出行的需要,淡季还吃不饱;到了春运高峰旅客日均高达350万—450万,才形成旺季又走不了,运力资源的失衡和浪费显而易见。在铁路行业垄断短期内不可以打破的情况下,不妨借鉴民航的做法,生产和销售分离,将车票的销售市场化。由经销商(也可系统内剥离组建独立法人的票务有限公司)按全年线路和车次一次性买断车票,再根据市场需求来确定票价。用市场这只无形的手,调适各类交通工具之间的价格差异,以调动民航、公路、水运网络的能量,多管齐下化解春运难。

门外谈车,不知读者以为然否?

（2004年12月8日）

以改革开放创新促进中部崛起

——访湖南省省长周伯华

    8月中旬的长沙,一时政要云集,为海内外传媒所瞩目。中共中央政治局常委、国务院总理温家宝同志亲自主持召开"促进中国中部地区崛起座谈会",来自山西、河南、湖北、湖南、安徽、江西的6省省长,和中央有关部委10多位部长们齐聚长沙,研究促进中部崛起的基本思路和政策措施,共商中国发展新阶段整体战略布局的重要组成部分——中部崛起之大计。

    作为东道省的湖南省省长周伯华,诸事繁忙自不待言。然而,当听说《深圳特区报》记者为深圳经济特区建立25周年专程前来采访时,他设法挤出时间,欣然接受了本报记者的独家专访。

深圳和湖南关系密切久远

    "在深圳经济特区建立25周年的喜庆日子,我首先要代表湖南人民感谢深圳人民、深圳市各级党委和政府,对我们湖南经济社会发展的支持。特别是对湖南承接深圳产业转移的支持和对所有在深圳打工的三湘子弟的热情关照,表示衷心的感谢。"一口家乡话,几句开场白,周省长对深圳人民的友好情谊溢于言表。

"湖广熟,天下足",人们常以湖广并称,可见两省渊源。至于湖南和深圳的关系,周省长一下子把时间拉回到新中国成立伊始。他说,湖南是一个农业大省,早从上世纪50年代起,生猪和新鲜蔬菜就源源不断地通过深圳这个关口输送到香港。为此,很早就在深圳设立了办事处,建立了占地面积5万平方米的商品中转站,就是现在深圳阳光酒店那一片地方。

深圳办特区以后,作为国家改革开放的先行者,创造了深圳速度、深圳效益、深圳奇迹,更重要的是创造了一笔精神财富,那就是改革开放创新、敢为人先的深圳精神。这25年来,深圳和湖南的关系更加密切了,周省长一口气数说道:

一是深圳的经验给予了湖南很大的推动,如果说我们湖南在改革开放方面向别人学习,首先就是学习了深圳,在深圳经验的推动下扩大改革开放。

二是深圳这个改革开放的窗口,为湖南走出去,起了很好的桥梁作用。因为湖南作为一个内陆省份,直接对外有局限,必须寻求自己的出海口,寻求自己产品的出口地,而首选地就是深圳。深圳人以服务大市场经济的思想观念,从无地区封闭概念,敞开怀抱欢迎一切投资者,欢迎一切出口商品通过深圳这个关口出去,做得非常好。这些对于湖南的市场经济的发育,对于我们的出口,对于我们的引进,是极大的支持。

三是我们有许许多多的湖南人到深圳打工,到深圳创业,许多湖南人在深圳工作得非常成功,事业也非常有成就。这些成功对于家乡人来说是很好的促进。他们不仅仅创造了收益,来回报自己的家乡父老,更重要的是我们湖南人通过深圳这个窗口,解放了思想,学习了市场经济。许多人现在创业成功以后,回到自己的家乡再创业,再推广深圳的经验,这些作用是非常巨大的。

四是近些年我们湖南与深圳关系还有一层发展,干部交流带来了深圳改革开放的思想和开拓创业的精神,同时也把在深圳建立起来的对内对外的联系带到了湖南。湖南这两年承接东南沿海和深圳的产业转移是做得最好的时期。

发挥区位优势 实现中部崛起

话题自然离不开刚刚结束的"促进中国中部地区崛起

座谈会",周省长指出:中部崛起,是中国发展新阶段整体战略布局的重要组成部分,是党中央又一重大战略部署。会议就是要按温总理强调的,充分认识中部崛起的战略意义,正确对待认识和把握中部崛起的发展定位和特点,以新的思路促进中部崛起。

在中部省份里,湖南又有其独特的区位优势和综合资源优势。物华天宝、人杰地灵。湖南是我国重要的农产品生产基地,也是著名的有色金属之乡,矿产资源非常丰富,种类全、品种多,其中有57种居全国前10位,铅锌等34种居全国前5位。湖南还拥有比较雄厚的工业基础,具有科技、教育和人才优势,三湘四水遍布丰富的自然历史文化资源。

再从区位上看,周省长说,湖南纳入了泛珠江三角洲区域合作,即俗称的"9+2"。同时又是真正贯通南北、联结东西的中部重要区域省份。在湖南兴业,如果是以国内市场为主导的话,采购半径和商品的覆盖半径都可形成一个最大的360度。周省长边说边画了个大圆圈,在这个圈内,如果组成产业链、产业集群的话,投入产出率非常高。湖南和整个中部地区的崛起,是统筹区域发展,促进东中西部互动,实现优势互补,共同发展的必然选择;是充分发挥中部发展潜力,推进我国经济发展和扩大对外开放的迫切需要;是解决我国"三农"问题,推进工业化和城镇化,全面建设小康社会的重大举措。实现这些目标,尤其需要发扬改革开放创新的深圳精神。同时,也给湖南和深圳的紧密合作提供了新的契机和更大的空间。

周省长热情地表示:非常欢迎了解湖南、对湖南有深厚感情的深圳人民,多到湖南来观光、旅游、投资、兴业。我们湖南人是十分讲感情的,而且我们的政府正在转变职能,对一切投资者诚信服务,法治服务,实现双赢,让来湘投资者创业发财。

寄语三湘子弟为深圳的发展再立新功

去长沙前,记者特地到湖南省人民政府驻深圳办事处了解到,深圳100多万户籍人口中,湘籍居民就有二三十万,常年在深圳打工的湖南人有100万左右。对此,周省长闻之十分高兴:三湘子弟满深圳,对于湖南与深圳的经济社会交流起到了很好的桥梁作用。

他特别嘱咐记者,值此深圳经济特区建立25周年之际,通过《深圳特区报》向深圳市委、市政府和深圳人民表示热烈的祝贺。同时寄语在深圳工作的所有湖南同志,不论是在党政机关、企事业单位,还是在其他服务领域,为深圳的进一步腾飞再立新功。"他们在深圳干得越好,成绩越大,就越提升我们湖南人的声誉,就越对家乡的发展起到更大的作用。所以我们不忘记这些家乡人，省政府年年都派人在春节专门去慰问他们，鼓励他们，我自己也去过多次。同时我们也希望他们在深圳创业时，时刻不忘自己的家乡，关心湖南的发展，关注湖南的事业，支持家乡尽快地全面实现小康。"

周省长满怀信心地展望，省委、省政府正在建设以小康、生态、平安、诚信为主要内容的和谐湖南，他相信在深圳人民的支持和帮助下，湖南在新的历史时期，按照科学发展观的指导，一定会建设得山清水秀、美丽富饶。团结全省人民，发扬改革开放创新的深圳精神，开创中部崛起的新局面。

（原载《深圳特区报》2005年8月25日）

图为周伯华（右）接受采访

序：数字中的深圳文明

看重数字，莫过于前些年纸贵一时的《万历十五年》。作者以1587年前后作为拐点，揭示中国盛极而衰的内因，点出中国传统政治乃至文化的痼疾之一，就是"缺少数目字管理"。即自秦汉以降，政府从来没有建立起一种可以用数目字来进行管理的国家与社会。只能大而化之，笼而统之，靠着道德教化维系着偌大的国度，最终落后于世界前行的步履。

结论是否极至，不遑多论，数字之重要想来不会有争辩了。在深圳经济特区建立25周年之际，《数字中的深圳文明》结集成书，便极富创意。借助一幅幅表格、饼图、柱状图、曲线图这些版面语言，原本单调的数字一个个生动鲜活了起来，一座城市25年来的文明发展脉络了然清晰地呈现在我们面前，直观质朴地表达出数百万市民为城市文明建设付出的努力和由此发生的变化，为中国特色社会主义理论提供了一个个有力的实证。

跳动的数字无疑是我们实证研究深圳历史经验的基础。被马克思誉为"英国唯物主义和现代实验科学真正始祖"的培根及其哲学,结合牛顿-伽利略自然科学研究而产生的实证研究,采用程序化操作和定量分析的手段,使社会现象的研究臻于精细化和准确化,从而揭示出一般结论并要求经受可证性的考验。撇开其中"神学的不彻底性",犹如给"实践是检验真理的唯一标准"遗传了一个合理的基因;正是在批判吸收众多前人文明成果的过程中,催生了历史唯物主义和辩证唯物主义的实践论。深圳的崛起是世纪之交中国人民伟大实践的产物。在这块改革开放、创新发展的试验田里,涌现出大量不同以往的新观念、新事物、新成就。观察、记录和考证这场实践活动以及伴随的现象的变化,透视出事物的本质属性和发展规律,对于处在社会经济转型期的中国,有着现实的借鉴作用。

撷取书中两例,一个是现象——丛飞,一个是数字——献血,今年以来不时萦怀。一座年轻的移民城市,自觉登记的长期义工就有6万多人,临时当过义工的不下百万,丛飞便是他们的优秀代表。再说献血,令旁人几许费解,一年时间,30吨殷红的鲜血从市民们的血管里无私奉献,深圳不仅在全国第一个解决了血液自足,还可对外施以援手。如此群体现象和数字的自然显现,绝不会是孤立的。在这里,自变量与因变量的关联,双变量与多变量的互动,物质文明对精神文明的作用和反作用,政治文明对生存状态的推动和反推动,意味着体现人本精神、和谐社会的更高级的文明将在这块热土上创造,同时又源源不断地供应我们实证研究的课题。

深圳是实干出来的,研究深圳的问题恐怕更多地有赖于实证。这种研究以实践为起点和归宿,内敛着唯物辩证法的光芒,应当成为我们城市的文化品格和特征。"海客谈瀛洲"式的玄思和空想,只会落得个"烟涛微茫信难求"。作为一个新生事物,难免有争论、误读和困扰,兼听则明,我们从中汲取过力量和智慧,也需要从理论和实践的结合上予以实证,厘清回答人们关心的问题。更重要的是,在此基础上,形成一系列幸福、文明、效益、和谐社会的指数体系,以科学发展观,引导城市可持续地向前发展。有经济学者预言,中国国内的经济学走向国际,将从实证研究开始。处于中国经济前沿阵地的深圳,此说不无激励。诚然,《数字中的深圳文明》还只是停留在单项的、一般描述性的统计数字上,与科学层面的实证研究还有相当大的距离。倘若由此引起有志于此者的兴趣,耕耘出一片新的学术园地来,其功莫大焉。

（2006年8月）

跋：真诚·真情·真率

——《卅年同学情》编余零墨

　　有幸成为本书的第一个读者,缘于两年前的一次承诺。起因是同学们三天相聚,我仅匆匆半日而别,飞回了深圳,杨晖更因事不得脱身,未能返湘。编一书以"谢罪"了。30年聚首何其难得,嘱文成册,以为纪念也。

　　捧读大作,倏忽间一个个同学便在眼前鲜活起来,三年同窗生活仿若昨日。30年过去了,韶光流逝,洗尽铅华,但见笔端下流淌的仍是当年那一个个大写的"真"——真诚、真情、真率。

　　毋庸讳言,我们这辈大学生,是一段特殊时期的文化现象。一如英国教育学家卡扎米西斯所言:"所有社会在民族危机和重大事变之后,都有过重大教育改组的尝试。""身历其境,我们成长在一个不真实的年代,但我们追求真实。"(李中益文)记忆中的4班,由此显得有些"另类",时不时闹出点动静,给校方添点麻烦。平江茶场食堂大字报对入校即下乡的质疑,"四人帮"一倒台就要求从沅陵返校上课的强诉,实在是因为我们求学的真诚与当时教学的虚化产生了太大的落差。"不习文,事农耕……试问诸君何所获,肢体壮,腹中空。"(姜长林文)唯其正视大学教育的先天不足,我们才在校期间穷尽可能地寻找读书的机会,并在30年的工作中加倍刻苦,诚实劳动,付出了比常人更多的心血与汗水,来增长自己的知识与才干。而不是去"寻租"职权,投机取巧,混个什么"在职"文凭,漂染"工农兵大学生"的身份。当我们的同学站在哈佛大学的讲坛,涌现出数十位高级教师、教授、研究员、编审和省、地、县各级负责骨干时,不正意味着社会对我们真诚努力的肯定么。

时下有人把感情比作稀薄空气,然而,读完同学们的文章,我的心却被一种浓浓的真情笼罩着。连保、杏良对故乡山水的眷念,鹿元、杨纲与驻村农民的厚谊,罗桂英对亡故学友的怀念,吴钦章待山区学童的忠诚,无不闪烁人性中亮丽的光泽。撕心裂肺的父子之情令人震撼(魏文彬文),生死相许的夫妻之恋催人泪下(陶完知文),还有四和的翁婿交,运开的祖孙乐,祚元的师生情,蒋兰的同学结……读着一篇篇饱蘸真情的文字,俨如品尝一道道风味各异的情感大餐。

137

同学间的真率,曾留下过难忘的记忆,30年后照旧活脱脱于字里行间。敢作敢为,想干就干。听听《杀猪郎龚庙章》"为了明天吃肉,摸黑也要杀猪的"豪言,没有点较真劲儿几人能够。不是读了邓国贤的文章,真不知他敢用兽药去给人打针,居然又把人给治好了,非法行医,万一致人死命,如何了得。甚或不经意间亮出心中小秘密,泄露的还是那诚挚坦然的真性儿,如罗云喜的宁乡暗慕,李龙"五日小长征"的君子自责。也许,正是因了这份真率,有时又难以见容于世俗,免不了在工作中吃些苦头。不少同学的文章都留下了酸甜苦辣、喜怒忧乐的故事和人生参悟。"人怜直节生来瘦,自许高材老更刚。"可贵的是,当同学们回首往事的时候,无怨无悔,坦坦然其犹不改。

这便是我们4班,真诚、真情、真率构筑起来的《卅年同学情》。

美中不足的是,有9位同学工作委实太忙,未能赐稿,诚为遗珠之憾。雄华、以文本月告知,多有电话催促,不敢再添打扰:忍痛割爱,开印吧。该书姗姗来迟,深以为歉。倘有疏漏差错,则请同学们原谅了。

(2017年11月)

五绝·七十初度

生于洞庭路，

小学岳阳楼。

十五乡关别，

时时记乐忧。

（2020 年 5 月）

62 年后重返母校，当年也在这
支小学生队列里

浪淘沙·观《广陵绝》

友庞贝文思泉涌,继《无尽藏》《庄先生》《独角兽》,又推新作《广陵绝》人艺首演,适逢在京,得以先睹为快。感而试填之。

弦断鹿鸣殇,*
三尺琴藏。**
父仇友诺剑何方。
义道君臣娈姊论,
韩相韩王?

六百载翻墙,
聂政嵇康。
竹林高澹立山阳。
京阙广陵赓绝唱,
庞贝庞郎。

(2019 年 9 月)

---

* 剧中聂政惑韩弹奏《鹿鸣操》。
**《史记》"提三尺剑,取天下"。

江城子·暑客

同学邀约桂东避暑,目睹国家贫困县脱贫后之文明新风,试填《江城子》。

桂东三伏窃清凉。　　农家新屋遍山庄。

日单装,　　　　　　坂垃箱,

夜添裳。　　　　　　类分装。

天赐氧吧,　　　　　肠道田塍,

离子万千方。　　　　不见土灰扬。

时稼鲜禽乡馔膳,　　昔日罗霄征战地,

唇舌飨,　　　　　　逃暑客,

齿留香。　　　　　　四方腔。

（2018 年 7 月）

挽亲友

贞松劲柏
祥云惠风
——哭父母大人

　　父亲刘祥惠，湖南岳阳西塘镇仁长村人，生于1914年农历九月十二日，逝于2005年农历九月二十六日。母亲钱松柏，祖籍湖北监利尺八镇，生于1916年农历九月二十三日，逝于2000年农历五月六日。父母双亲共生育子女10个，靠父亲微薄收入度日，其艰难困厄今为父母者难以想象。母亲终生家务劳劬，茹苦含辛，哺养我们个个长大成人。双亲大人甘贫苦节，堂正为人，和睦街巷，众口皆碑。不图儿女扬名显贵，但求一技傍身，品行端正。儿15岁离家赴长沙谋生，父亲送到火车站，临别唯嘱一言："在外要记得啊，一餐饭吃个饱，一个名声活到老。"第二年，工厂分配我到机关工作，从无远行的母亲只身奔波来到长沙，找到厂领导，要求安排下车间学技术。怕的是儿年少无知，失足踏错。夜居一室，谆嘱教导。如今儿过天命之年，当可告慰双亲，父临别一言，母长沙一行，儿铭记一生，律己慎独，不曾有辱家风。思念如絮，疼也哀哉。

双亲去世后合葬于岳阳西塘镇仁长村祖茔,京珠高速岳阳出口处,以为永久缅怀。

(2005 年 9 月)

父母双亲和儿女们。作者前排左一,时年9岁　　（1959年摄）

为政好诗《心潮续集》欲追刘柳*
匡时求是《吹尽狂沙》再会彭黄
——痛悼杨老第甫大人

　　岳父杨第甫大人，1911年出生，湖南湘潭人。1937年参加革命，上世纪50年代初曾任湖南省委秘书长。1959年受庐山会议"彭、黄、张、周反党集团"（其中黄克诚、周小舟50年代先后担任湖南省委书记）冤案株连，被打成"右倾机会主义分子"，下放农场劳动。"文革"后任湖南省政协党组书记、副主席。有诗词《心潮集》及续集和回忆录《吹尽狂沙》存世。2002年10月18日在长沙逝世。

（2002 年 10 月）

杨老全家福　　　　　　　　　　（1964 年摄）

---

*唐代诗人刘禹锡、柳宗元，二人均蒙冤贬逐湖南。

雏声立问邦社朝何处往十载蒙冤
曦光不现难为赤子

壮岁擎旗新兴继古典出廿年茹苦
小凯扬名已成宗师

———敬挽杨小凯先生

妻兄杨小凯,曾用名杨曦光,普林斯顿大学博士,著名经济学家。曾任澳大利亚莫纳什大学讲座教授、澳大利亚社会科学院院士、报酬递增和经济组织中心主任。其提出和研究的新兴古典经济学与超边际分析和理论,被诺贝尔经济学奖获得者布坎南称为当今最重要的经济学研究成果。由于他在经济学上的巨大成就,被誉为离"诺贝尔经济学奖最近的华人",曾两次被提名诺贝尔经济学奖。"文革"时就读长沙一中,因大字报"中国向何处去"获罪,囹圄十年。著有《杨小凯学术文库》9卷版、《牛鬼蛇神录》和大量经济类散文。2004年7月7日逝世于墨尔本,未能灵前一奠,撰挽联以遥寄哀思。

（2004 年 7 月）

《杨小凯学术文库》9卷版

《美神》驭长《风》曾有几番《桃源梦》
《小兵闯大山》终成一曲《将军吟》
——敬悼莫应丰先生

著名作家、首届茅盾文学奖得主莫应丰先生属虎，长我一轮，曾任湖南省文联领导。莫公似错爱不才，凡其主持之事，必召之为副。曾题赠"虚怀耿骨"墨迹予我，甚切，收藏至今。惜乎1989年51岁英年早逝，悲伤莫名。莫公以长篇小说名世，计5部，遂嵌其书名于联，携置灵前以敬挽。

（1989年2月）

《将军吟》—首届茅盾文学奖获奖作品

比消息更生动的内幕
比内幕更深刻的见解
——深圳大学传播学院讲座节录
（2012年6月5日）

同学们好！

辜晓进教授让我来把当年《深圳周刊》的情况跟大家说一说，以为新闻学课程的一个实践案例。我感到很犹豫，很为难。

一是这份周刊早已消隐刊林，本人一直引以为憾。上个世纪五六十年代印度有个总理叫尼赫鲁，一时风云人物，和平共处五项原则的发起人之一。年轻时读过他写的一本自传，自序里有这么一段话，大意是说一个人谈自己的事是很难的，说自己的优点吧，别人感觉难受；说个人的缺点呢，自己心里难受。我大概就是这么一个心态。

二是离开周刊十来年，干出版社，现在又退休了，就没太关注周刊的现状了。尤其是近年来新媒体兴盛而起，对作为传统纸媒的新闻周刊如何应对，没有研究，很担心讲出来的东西了无新意。辜教授盛情难却，只好硬着头皮上了讲台。把自己在创办主持《深圳周刊》五六年的一些体会跟大家做一个交流。如果说对同学们能够小有启发的话，那我就感到很安慰了。

讲课得有个题目，想来想去还是用我们当时周刊扉页上的两句话好：

比消息更生动的内幕，比内幕更深刻的见解。

新闻周刊述略

新闻周刊在我国传媒大家族里不太起眼，没有形成气候。但是，在新闻史上，它可是地位很高的，长期以来与广播、电视、报纸并驾齐驱，号称"四大传媒"。

寻根溯源，一般认为最早的新闻周刊是1609年德国出版的《观察周刊》，每期只有一张纸，一张纸上只有一个新闻，围绕这个新闻事件展开报道。当然这是比较原始的了。作为现代意义的新闻周刊，一般以诞生于1923年的美国《时代》周刊为代表。

看到同学们坐在这里，便想起这本杂志的创办者是当年耶鲁大学的两位在校生，跟你们一样，念大三。一个叫亨利·鲁斯敏（一译卢斯），一个叫布理顿·哈登。在校时两人一合计，办了这么一个刊物，居然还办得这么成功，可谓开创了世界新闻史上的一个"时代"，成为一个新的新闻传媒品种的先驱者。不夸张地说，自此以后出现的新闻周刊，基本上是对《时代》周刊的借鉴甚至效仿。大三生了不得呀，据说比尔·盖茨也在大三辍学了。在座的都是大三学生，前途无量，当然不是鼓励大家现在就退学啊。

新闻周刊，顾名思义，内容依托的是新闻，形式则是脱胎于期刊。新闻这一块好理解,大家都是学新闻传播的,比我讲得透,就不讲了。研究期刊有些什么主要特征,可能有助于大家对新闻周刊的理解和把握。

期刊,相对于报纸、广播、电视,它主要有这些特点:第一,它的出版周期相对较长,最长的可能是年鉴,一年一本,也算期刊。目前还没见过两年一刊、三年一本的,恐怕那也就不好叫作期刊了。年鉴往下数有半年刊、季刊、双月刊、月刊、半月刊、双周刊,那么最短的,现在来看就是周刊了。第二,读者对象有较强的选择性,读者对象的选择性必然带来办刊的针对性,这个同学们好理解,《中国青年》一般以青年人为主要对象,深圳《女报》一般以女士们为主要阅读对象。上世纪80年代我们编《湖南文学》,显然是文学工作者,至少是文学爱好者的阵地。不同的期刊有它特定的群落。第三,期刊杂志受时效性的限制较小,阅读的持续性较长。今天看了,明天还可以继续看。不像报纸当天看完便了。第四,印制精美,便于携带、保存。第五,传阅率高,我看,孩子看,太太看,亲朋同事好友都可轮着看,有很好的传阅效应。

了解期刊的这些表现特征,意在择其优势,借鉴到新闻性的周刊上来,集新闻和期刊之长于一身,融内容与形式之美于一体。既避免日报内容的浅尝辄止,又避免月刊滞后的时过境迁;既提供有深度有内幕的报道,又提供权威而有说服力的观点;既以精美的读物适应读者的审美需求,又以丰富多样的栏目调动读者的阅读兴趣。人们以7天为一个生活作息单元,周刊正好与之同步,从而独树一帜,形成了一个新形态的新闻媒介品种。

现代意义的新闻周刊,中国并不后人,几乎与世界同步。1923年美国有了《时代》周刊,与此同时,上世纪20年代到30年代中国也迎来了一个周刊大发展,能查到名单的,有100多种。其中又以邹韬奋,就是曾任国务院副总理的邹家华的父亲,他所主编的《生活周刊》最为耀眼,从1925年一直办到1933年,接近10年,发行量达到了15万份。现在的《三联生活周刊》意欲接续香烟,你看"三联"两个字很小,"生活周刊"四个字很大,其来有自,当年韬奋先生就是三联出版的掌舵人。

我们党也有着办周刊的传统。1921年中国共产党成立后,主办的周刊就有十来种,如《劳动周刊》《工人周刊》《中国青年》《布尔什维克》《斗争》《红旗》《解放》《群众》等等。1949年后,周刊基本上空白。1984年新华社把月刊《瞭望》改成《瞭望周刊》,始为改革开放后的第一份周刊。

而第二份周刊,或者说南方的第一份周刊,就是1996年10月面市的《深圳周刊》了。当年8月,广州虽然出了个

《新周刊》，比《深圳周刊》早两个月，但是《新周刊》至今还是半月一刊，不能称之为七天一期的完整意义上的新闻周刊。此后，开始陆续有了《三联生活周刊》《新民周刊》《中国新闻周刊》等等，至眼下尚未形成一个中国周刊的气势或者说是整体的影响力。

道以达人生之旨，术以立事业之本。新闻之道，辜老师给同学们早有精传。要我多讲讲操作过程的体会，遵嘱便作匠人谈了。《深圳周刊》1996年国庆首刊，由月刊《深圳风采》改名而来。我一直工作到2001年的9月份。离开周刊两年后它停刊改名了。可喜的是，改革开放以来，深圳曾经产生过中国南方第一份新闻周刊，遗憾的是只有短短的几年时间。

5年时间我们一共办了250期。10月出刊前筹备了三个月。

准备工作首先是定位，就是做什么事。磨刀不误砍柴工，我们当时在小梅沙开了一个星期专家闭门会。像王京生同志，现在是市委常委、宣传部部长。当时由《深圳青年》主编调任文化局副局长不久。请来非因其官方职务，而是请专家。京生同志从北京南下深圳，创办《深圳青年》火遍南北。他还推荐了上海、北京、广州几位名刊主编。加上从《深圳青年》《女报》《深圳画报》《街道》等几家杂志物色拟调入的五六位编辑,十来号人关起门来开神仙会。畅所欲言,想怎么谈就怎么谈,贡献各自的智慧。如果同学们以后要办刊物,这个过程最好不要省了,大家先坐下来好好敞开思想交换意见,没有条条框框,乱谈。思想交流,碰出火花,形成共识,明了即将出现的这份周刊主要干什么活。与此同时,我们向社会征集广告语,要求用最精炼的语言传达刊物的办刊宗旨。征集的过程达到了预热周刊,先声夺人,扩大刊物影响的效果。只是有点遗憾,征集语不太理想,最后还是在内部产生的。首席评论员王绍培提供了四句话,确定选用了前两句:"比消息更生动的内幕,比内幕更深刻的见解。"《深圳周刊》当时能在短短时间内有点影响,最高时发行到15万份,与刊物的定位宗旨是分不开的。出到200期的时候,正好跨入新世纪,我们做了个小金牌,每个编辑桌上竖一个,就是提醒你坐在这里干啥的,就是要干出"比消息更生动的内幕,比内幕更深刻的见解"的活儿来。这样他在组稿、写稿、编稿、改稿,一路不失初心,都知道往这条路上使劲了。

前期准备的第二件事,就是什么人来做事。根据刊物的定位要求,组织起一支能干肯干的采编队伍。我们那支队伍是很了不得的,京生同志当时有句赞美的话:"办刊俊彦,一时云集周刊。"就是说确实把深圳有影响,长期办刊的年轻精英人才揽进来了，至今仍活跃在深圳文化领域各种舞台。如冉小林、王绍培、左力、庞贝、郭良原、何鸣、杨勇、李迪、黄河等等，每有谈及周刊，我总说最留恋的是那支队伍。

除了这两条，可能的话，最好有个试刊期。1996年10月1日首刊，至年底还有三个月，我们以两周一刊的节奏，试办了五六期，就采写、编辑、制作、出版、印刷、发行一套完整的工作流程，慢慢感悟，逐步磨合，互相适应，构建起一个适应周刊运作的系统工程。前期准备大概做了以上所说的这些工作。

慢新闻——新闻周刊立身之本

脱变于新闻和期刊的新闻周刊，独自成为一个传媒品种，较之其他媒体的不同之处在哪里呢？《时代》周刊创始人鲁斯敏一语中的："天下有两种新闻，快新闻和慢新闻。慢新闻具有深度，应回答更多的问题，让人有更多的时间思考，因而能影响更多的读者。快新闻没有这种功能，转瞬即逝。《时代》的任务就是要为慢新闻提供更广阔的空间。"

从《深圳周刊》的几年实践看，时效、深度、情趣，正是我们努力做好慢新闻，满足读者更高层次新闻阅读需求的主要推手。

时效。有人说，从时效看，刊物不是报纸的对手。我倒觉得有失偏颇。何为"时效"？典曰：一定的时间内能起的作用，叫时效。可见并非时间越快就越有时效，关键是你的报道能否在一定的时间内都起到作用，这就给延长新闻的保鲜期（慢新闻）提供了空间。新闻，姓新名闻。毋庸置疑，跟所有新闻媒体一样，新闻周刊依赖于新闻而生存。新闻的本质特性同样要求新闻周刊也必须反应敏捷，行内通常所说的：抢新闻。新闻学上的名词叫"首发效应"。如戴安娜，1997年8月31日遇车祸去世，全球媒体无一不予以报道。《深圳周刊》显然不能漏掉，即使抢时间，是期周刊出版日为9月4日，也相差了四天，怎么也跑不赢报纸、广播、电视。美国"9·11"事件，我基本上看的是现场实况直播。晚上8点多钟，记者部主任冉小林打来电话：快看，美国出大事了，看凤凰，快看凤凰台。一打开电视，眼睁睁看着飞机穿过世贸大厦第二座，顷刻倒塌。你说周刊怎么有电视快。现在网络时代更不得了，人人有手机，个个是记者，出个事儿分钟图文都上网了。用"首发效应"来检视，7天才有一期的周刊望尘莫及。但用时效性的概念分析，"9·11"同步看到第二座楼炸塌，只是一种消息获取时间上的"快新闻"，是相对事件的表面、浅层次的，就是说这个事情告诉你知道了。而新闻周刊所体现出的时效性，绝对深层次一些，经由时间和理性的沉淀，使新闻事件具有了本质上深度的前瞻后视，是"回答更多的问题，让人有更多的时间思考，因而影响更多的读者"的"慢新闻"。戴安娜和"9·11"我们以封面专题做了几十个版的深度解释性报道，尽管滞后数日，刊物面市一抢而空，体现了"在一定的时间内所起的作用"，对新闻周刊时效性做了最好的解释。

再举个例子，当时我们还做了一个专题:《谁来放牧复制的绵羊？》。1997年2月27日，英国科学家宣布，他们成功地用无性繁殖，复制了一头羊，还取了个漂亮的名字叫

"多利"。科学家们先从一只成年母羊的乳房里摘取了一个单细胞，然后把它培养成胚胎，再植入另外一只母羊的体内，宣布消息的时候羊已经有7个月大了。这可是个重大的科技新闻。既往的知识是哺乳动物都必须要两性繁殖，现在来这么一个单性生

产,就像孙悟空,抓一撮毛,呼,一吹,一群猴儿就来了。推而论之,人类似乎也可以批量生产了,无疑涉及科学伦理、社会道德等一系列重大问题。当时我们没有急于做,沉淀一周后才以《谁来放牧复制的绵羊? 》为题做了一个专题。"放牧",字面意思是牧羊,深层含义就是管理的意思。"复制"意指克隆。你看封面设计,复印机下不是羊头而是个人头,表达的就是这个问题涉及整个人类以及由此引出的一系列思考。这样的东西做出的专题,读者肯定觉得有趣味得多吧。新闻周刊时效性,时间上无疑比新闻消息慢两拍,但由于它的深度,反而促成新闻产生了一种超前感。新闻周刊可以立足于昨天和今天之上,看到的更多的是明天,甚至更远。1999年世纪之交,我们甚至做出了"数世纪"和"她时代"两个专题,预测21世纪将是数字化的时代,女性将在新世纪发挥出比以往任何时期更为重要的作用。从绝对意义上说,新闻周刊的时效性远远高于报纸和广电,这个高不是指高明,而是高在深了一个层次。美国著名传播学家梅尔文·德弗勒,在《大众传播学绪论》里说,杂志一直站在时尚、思想和风格的前沿,反过来影响其他传媒。不无道理。

深度。或曰深度报道,或曰解释性报道。这是新闻周刊的主要版面语言特征。从《深圳周刊》的操作来看,主要表现在两个方面。

一是提供、整合、综述大量的背景材料和资讯。通过对新闻的采集，分析加工和后期制作，形成解释性报道，使读者了解"比消息更生动的内幕"及新闻事件的前因后果，适应读者知情权和受众心理需求。与单纯报道事件相比，新闻周刊深度报道势必更能引起读者的阅读兴趣。如刚刚说到的"谁来放牧复制的绵羊"，消息报道有个三五百字就可以了，就是几个W：何时，何地，何人，何事。新闻周刊则不然，必须在提供充实背景材料的前提下，进行解释性报道，使之成为诸多媒介竞争中还能够生存下去的核心竞争力。周刊的受众往往难以满足仅仅知道简单的事件，或者通过其他途径早已知晓了。而背景材料和资讯的提供、整合、综述，对新闻事件相对客观的诠释，让受众从中得出自己的判断，满足更深层次的新闻需求。

我们做过一期《谁是爸爸》，副标题是《亲子鉴定的背后》。DNA鉴定，当时还刚刚起步。基因比对这一新技术，大量用于破案，但是后来却比较广泛用来亲子鉴定了。你看这个画面，小孩后面两个男人，谁是爸爸？所以去做这个DNA亲子鉴定。一个我们年轻时闻所未闻的事，为什么大行其道了呢？社会发展，经济条件，伦理观念，传统意识，家庭文化，如果你能够从各个角度把这个事情做透，自然会有人读的。

背景材料的提供首先需要掌握大量的信息，但不是所有信息无一不漏，这就有个提炼的过程。一个手掌上面堆沙能堆多高呢？面越大才堆得越高，如同敦煌鸣沙山。这个面就是你掌握的信息，信息愈多面就愈大。只有大面积广泛的信息和背景基础上的提炼，去粗取精，去伪存真，才能形成对新闻事件客观生动的综述，多视角对事件进行透彻的分析综合。就单个新闻事件来说，新闻周刊提供的信息量，远远超过报纸。单纯从消息的条数来说，周刊同报纸则没得比。我们周刊一期只有60多个P，16开4个印张，铺开来就是4张对开报纸。那时特区报一天就有三四十个印张。周刊之所以能以一个独立的新闻品种存在于世，靠的是在某一新闻事件上做深做透，以其深度报道带来的时效性，有别于其他传播媒介。

二是要在背景材料的综述基础上提供观点和见解。听起来好像有点指手画脚，要你去说什么观点啊，要你去谈什么见解啊，读者自己不会判断么？其实理性的见解和观点阐释，对于读者来说是必要的。姑且从受众的两个心理层面来分析，一是囿于个人文化知识阅历，难以对所面对的事件提炼出观点、见解甚至判断。但是人的普遍心理，又总希望对事情有自己或自己比较认可的观点和判断，这是受众心理的一个层面。第二个层面，就是有了自己的观点和判断，又会产生"期同"心理，希望自己的看法能得到他人的认同，这是人类一种共同的心理倾向，在社会中寻求自己的思想和行为的参照物。平时同学在一起交往，经常会说这个问题应该怎么样？你觉得怎么样？你看如何？这都是一种寻求认同，寻求参照物。背景材料基础上的分析，恰恰可以作为期同心理的比照。见解和观点的提供，恰好达到了这个目的。

《老婆还是原配好》，这个封面专题不是针对某一突发新闻事件，而是对于一段时间相似社会现象的探讨。大概是98或99年，深圳民政婚姻登记数据显示出复婚热。我们通过采访综合，分析大量背景材料和实例，然后适当地提供一些观点。这期杂志上市后，很快售罄，女性读者居多。新闻周刊解释性深度报道的优势就在这里。

如何才能做到深入呢？关键在人。刚刚和同学聊天，有同学说求职时媒体希望招男生。有可能，深度新闻采访确实是个苦力活。

例如这个专题：

《他能带来福音吗？》他——
何许人也？今天的你们可能不知
道了。十几年前他的名字几乎如雷
贯耳。他非法行医，但又确实治好
了一些人。后来被判了八年徒刑，
我曾经开玩笑说，不管怎样，胡万
林对周刊扩大影响是做出了贡献

的。专题副标题是《本刊记者八天目击医怪》，因为不能说
他是医师，没有执照啊。他主要治疗癌症患者，现在癌患较
多，所以引起广泛的关注。中央部门、省市领导都有打着电
话追着看杂志的。我们连载了八期，现场贴身采访一天一
篇稿，周刊7天一刊发。派去的当是最强阵容，首席记者冉
小林，首席摄影左力。两人在陕西终南山住了8天，有明察，
有暗访；正面接触事主，背问患者病属；日观望闻问切，夜
窥配方熬药。最后连他七服药的药方都弄到手了。终于弄
清胡万林主要就是七种配方七服药，以不变应万变。针对
人体的五脏六腑，你是肝有事就服针对肝的这服药，你是
肺有病就开针对肺的这单方。碰中了你就治好了，碰得不
好就治死了，就是这么来干的。病急乱投医，你看锦旗林
立，病人就差把他供成菩萨了，天天成群结队顶礼膜拜。去

看病的人多，一万两万，碰中了百分之一的话，也有百来号人，锦旗集中一摆就很威风了。通过8天的采访跟踪，才能有客观真实的深度报道，所以说报道的深度首先要求的是人的深入。

我们当时有个记者叫张慧敏，北大硕士港大博士，跟在座的一样主修新闻。当时在周刊任记者，现在大学任教。那一年江西发生了两件大事。一件是靠湖南那边有个万载县，鞭炮厂爆炸造成人员伤亡。再一件是南昌省直机关某幼儿园大火，有小朋友遇难。张慧敏是江西人，就派她去了。到了万载一看，离现场老远就封锁了，不准采访。她便乔装打扮，按当地老百姓习俗，搞一个帕子包着头，化装成村姑，加上能讲江西话，就这么混进现场深入实地采访。后来当地官员发现她不是村姑，是记者。她赶紧打了个摩的跑，后面就追，追到南昌还是抓起来了。当晚江西电话来查问，我说是我们的记者，派去采访的。这样的事领导必须把责任承担起来。对方说，我们那里封锁啦，不准进去啊，她不能乔装改扮混进来的啊。我便解释记者的职务行为啦，采写任务啦。通过沟通，第二天就放了。讲这个例子，就想说明，有这样的记者还愁搞不好深度新闻报道么？沉得深，才能挖得深，报道内容才能扎实有深度。

情趣。这里指的是情致幽趣。作为一份严肃的新闻周刊，既不能像小报那样刺激煽情，又不能像短讯那样苍白无力，而需要在这两者之间探索平衡的诀窍，行文间敏智诙谐，情致幽趣，令读者爱不释手。哪怕一些政论性的大事报道，亦切忌板着面孔说教，而是充满人情味，像讲故事一样娓娓道来。即使提出了观点和结论，用语也不要霸道，似乎真理在握，舍我其谁。新闻周刊也会有不少娱乐性很强的选题，尤其注意处理得体，文野分明，不能使读者感到低俗不堪，反之读后觉得情趣盎然。至于专门主打八卦的一些港台周刊，则不在我们今天讨论的范围了。

　　强调新闻周刊的趣味性，如前所述，也是吸收了期刊杂志的一些长处。《读者》为什么这么多读者？六七十年代出生的一代，基本上是读着《读者》成长。故事、文学、哲理兼之，你说是心灵鸡汤也行，反正大伙爱喝。新闻周刊吸收了期刊的这些长处，包括文学期刊，小说、散文、诗歌、评论，如果枯燥无味谁去读。故事性、文学性、知识性、趣味性兼具，杂志才办得生动。这些表现手段都可以巧妙地用到新闻周刊的报道中来。《谁是爸爸》这个选题，我昨天翻的时候我还

觉得很吸引人。那个开头就很不错，一下子就把你引进去了。现代验血叫验DNA，古代也有验血。文章从古代验血的故事开篇，孩子是不是你的？就把父子俩的手指划破，各滴一滴血于一盆清水中，两滴血合到一起就是你的儿子了。这当然是不科学的，再引到现代亲子鉴定上来。各方面知识积累巧妙利用，以增加刊物的情趣和可读性。

《深圳周刊》也做过一些文体娱乐题材的报道，如《装点足球的模特儿》，是报道1998年世界杯的闭幕式的。当时足球报道连篇累牍汗牛充栋，作为周刊要找一个点，找一个独到的视角。封面图片是从中央电视台截图的，当时引起了一些非议。有句儿歌叫"摇啊摇摇到奈何桥"，我们仿造该句做题目写作专题。奈何桥是民间对地狱里一个地名的传说，摇到奈何桥，意即死亡。这个专题是谈摇头丸这个社会问题的。那时摇头丸刚刚在夜总会兴起，似有蔓延之势，策划这个选题，以期引起全社会对这一现象危害性的重视，摇啊摇你就会摇到奈何桥了，走向毁灭。处理这类娱乐性题材不可迎合一些世俗口味，那样做出来的东西，品位可能会越来越低。通过营造健康高尚的情趣氛围,引导受众的阅读和欣赏习惯。

四维发力——形成刊物特色

如何做到掌控时效、报道深入、不失情趣？实践中我们感到可以从四个维度发力。

专题——周刊之重头

你看我们每期杂志,都有一个大专题,或曰封面故事,有时占到刊物的一半版面,是刊物的拳头产品,重头戏,必须要下大力气抓好。否则这一期周刊就撑不起来。不夸张地说,我们时时刻刻想的就是专题。不是主编一个人在想,周刊所有人都在想。不是只想一期的专题,而是做一备二想到三。编前周会上各自提出想法,反复比较,集思广益,精心策划。如果出现突发新闻,已备的专题可能往后推。专题主要有这么三大类:

一类是突发新闻事件,这无疑是周刊的主打。如果脱离了世界上发生的重大的事件,如"9·11";脱离了中国发生的大事,如南斯拉夫大使馆被炸,世纪大阅兵,恐怕就很难称得上是一份新闻周刊了。这是我们的创刊号的专题（图见P170）,《我们曾"较量"过》,当时一部表现抗美援朝战争的纪录片《较量》在全国热映,几乎形成了一个重大

的新闻事件。由此入手做了一个专题，试图引起社会更深层次的思考《中国愤怒了》，北约轰炸南斯拉夫，中国驻南大使馆被炸，牺牲了三位记者，新华社两位人民日报一位。既是国内也是国际重大新闻。像戴安娜去世，在世界上轰动一时。邓小平同志逝世，周刊即以《92邓小平在深圳》推出专题报道。这都是突发性的重大事件，这类选题作为新闻周刊肯定要跟上去。

还有一类就是非事件性的选题。大事不可能天天有啊，天天炸南斯拉夫？天天有戴安娜去世？那么就从一些相似社会现象或日常生活发生的类似事件中，选取归纳一些可能引起社会强烈关注的事件来做专题。"让隐性污染远离菜篮子"，这个问题周刊是提得很早的。那个时候并没有后来发生的什么苏丹红、三聚氰胺、胶囊塑化剂等这些突发性的公共事件。但是从各个方面的采访、观察、调研，感觉日常生活中的食品安全问题，有朝一

日可能会酿成大事件。你提前做
好了准备,当突然发生了一个什
么食品安全的公共事件时,这个
专题肯定比其他新闻媒体报道深
入深刻多了。"关于未婚妈妈",
当然不是什么重大事件,但是它
很有可能会引起一系列的社会问
题,甚至突然引发某起惊天大案
都有可能。我们认为事件性专题,
包含有非事件性专题的必然;非
事件性专题,又包含事件性专题
的偶然。

再一类呢,既非突发事件专
题,也不是非事件性专题。其中
又有计划类和策划类两种。计划
类专题指年度选题可以做出预计
安排的报道事件。如1997年7月1
日香港回归,1999年国庆50周年
世纪大阅兵等等,都是年初可以
确定发生的重大事件。像这个封
面大字"200",也属于年初就计

划要做的选题。200是什么？就是深圳周刊200期的时候，做了一个200期新闻人物大回访。回过头来看200期里我们曾经涉及的、采访过的人物，既有趣又好读。那个未婚妈妈现在去哪里了？谁是爸爸呀？那个爸爸到哪里去了，是不是真的啊？包括采访过的一些知名人物的现状。策划性专题指由某些现象触发而做出策划的选题，前面已经涉及一些，如食品安全等。像"虎"这个生态环保题材，亦属此类。记者在桂林野兽场看老虎表演，那老虎真的很难吃掉一只羊了，已经丧失了虎的天性。所以现在要放虎归山，让它野外生活，要不然它没有虎性了，它斗不过一只小山羊，整个生态链就乱套了。类似这类选题，确实是编辑们深思熟虑、策划出来的。

言论——周刊之灵魂

言论如同刊物发出的声音，联系社会的纽带，也是"比内幕更深刻的见解"的应有之义。刊物的价值观、洞察力、道德水准与语言风格的个性表达,成为有别于其他传媒之所在。人人心中有个哈姆雷特,给你一个题目,50个人可以写出50篇完全不一样的文章。言论是最具独特性的,同样一篇反腐的社论,《环球时报》标题是《反腐是个攻坚战》,这是一个观点。中青报写的是《舍制度和民主,反腐无解》,这就提供了另一个视角。在座的同学们要写,肯定又会写出不同。所以言论这一块,有的观点相近,有的相左,都没问题的,但是你的刊物一定要有自己的主张,营造健康的舆论,推动社会进步。

周刊提出"比内幕更深刻的见解",呈现在刊物上有显性和隐性的两种途径。《深圳周刊》设置的显性的言论栏目有;

《国际观察》,每期都有一篇对国际或国内重大新闻事件的即时评论,特约新华社驻世界各地的记者撰写。

《权威说法》,不是谈法律的法,是就社会热点问题请权威人士表达观点、看法的意思。每期采访一个省部领导,中央的组织部部长、商务部部长、卫生部部长、科技部部长……都在周刊发表过对他们的采访。

《专栏文章》,约请知名专家学者发表文章。

《感而论之》,针对国内事件表达本刊的观点,由本刊评论员撰写。以这些栏目为阵地，形成了一个相当壮观的言论队伍和阵地。

隐性的言论，则是渗入在专题等新闻事件的报道综述中的见解、观点和结论等等。整合提炼各种资讯及背景资料，以独特视角分析解读这些资讯，潜移默化地传达出采编者对新闻事件的认知、见解和观点。调查性、解释性新闻提供了言论隐性表达的发挥空间。

封面——周刊之门脸

出版业有句行内老话，看报看题，看书看皮。说的是报

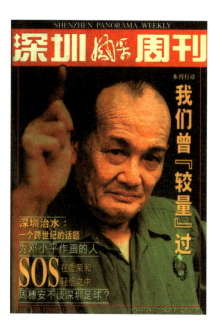

纸标题的重要，题目先声夺人，吸引读者往下看。读书呢，先看封皮，就是封面图文设计提供的内容能不能吊起读者的阅读兴趣。杂志装订成册了，具有书的外在形态，故而要十分重视封面设计。例如创刊号，封面专题是《我们曾"较量"过》，讲抗美援朝

战争。策划时确定要找一个志愿军老兵做封面人物。40多年过去了，当年的战士在世的不多，很难找到一个能够再现志愿军英姿的老兵实拍。新闻周刊你不能来假的，冒名顶替，要配发人物介绍，经得起查验的。摄影记者左力确实花了大工夫，从省民政局档案查起，一直到各地市布访寻查，终于在惠州找到这样一个志愿者老兵。你看封面，雄姿勃发，气势干云，创刊号封面一出，无不击掌叫好。某种程度上可以说，封面引人，这期刊物在市场上就成功了一半。

做好封面，首先要有构想，提出多个方案比较择优。除了形象表达封面故事外，通过细节的制作尽量使读者目见更多的信息，给人以视觉的冲击力。《不敢面对镜头的人》是反映假证买卖的专题。假毕业证，深圳大学、北京大学，你要哪个大学的都有。假户口，假身份证，什么都可以假出来，一条龙出货。我们记者跟踪调查，以买者身份与假证贩子周旋，

正当要拍摄的时候,他那里一面准备跑,一面伸手挡住记者的镜头。"不敢面对镜头的人"就是这个意思。伸出的手掌还有三个公章呢。这样的细节透露出的信息就丰富多了。像《我看见了邓小平的两只猫》《中国足球世纪之痛》《老婆还是原配好》……都有可资玩味的细节,就不一一展开赘述了。

创新——周刊之活力

报纸只有一天的成功,那么周刊最多也就只有7天的成功了。这句话的意思就是要不断地创新变化。一如《大学》所言,苟日新,日日新,又日新,使刊物永远保持一种鲜活的生命力。哪怕是固定栏目也要不断革新面目。周刊有个梳理7天来国内外要闻的栏目,叫"一周回放",两页一个连版。最早仅用文字表述;后来重大的事件放张图片;再后来中间放置世界地图,俄罗斯发生了什么,韩国发生了什么,美国发生了什么,表示时间事件的文字用箭头和地点连起来,一周要闻一目了然,给人以视觉享受。各栏目不断创新表现形式,使整本杂志更美更完善。

当年周刊有几个创意给读者留下了很深的印象。一

个是连载。周刊能不能连载？我
们讨论研究后觉得，周刊的出刊
频率，如果有既吸引读者又适合
跟踪报道的选题，是可以做连载
的。前面说到的胡万林就是连载
的。还有《从黑发告到白发》，反
映一场官司数十年的诉讼过程。
《从芙蓉花到罂粟花》，反应湖南
贪官蒋艳萍堕落始末。此外还有
张子强案件等等。这些选题都是
比较适合于连载的。连载是吸引
培养刊物的读者群落，扩大订阅
量的一个很好途径。

　　再一个就是稿笺的公开。稿
笺就是发稿单，是报刊三审稿件
的原始记录，属长期保存备查的

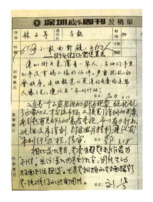

内部文件。编辑初审写上对稿件的评价，然后编辑部主任
写上复审意见，最后总编终审。我们公开刊登于扉页，把三
审过程暴露给读者，从而编读之间产生互动，这是编辑对
读者的信任。很多读者跟我说，拿到杂志先看稿笺。这个小
栏目确实有点小创意，而且也达到了很好的效果，可以说

是《深圳周刊》所独有。

还有一个《昔闻今刊》，栏目也是很受欢迎的。照常理新闻周刊搞新闻，怎么弄出昔闻来了。昔闻今刊，并不是过去的新闻简单再刊发，而是挖掘读者至今仍感兴趣的昔日重大新闻事件背后的故事，做进一步的报道。比方有些事情当时并未有了结，有些受当时的条件限制不能公开，有些当年轰动一时的新闻人物后来的人生故事。当这些昔闻与今天的某一新闻点一碰撞，来个昔闻今刊，就演变为新闻了，读者是很愿意读的。举出以上几例，意在说明任何事物只有不停地在创新中发展，才能保持勃勃生机。

抓专题，抓言论，抓封面，抓创新。可以说是当年《深圳周刊》的主要着力点。

最后讲几句题外的话。网络时代不会淘汰新闻周刊，一如电台的出现没有淘汰报纸，电视的普及也没有淘汰电台。期待中国新闻周刊的春天，更期盼着深圳再现新闻周刊。创刊号卷首语我写的是《圆一个中国的周刊梦》，但是这个梦没圆。同学们正当年，刚刚说了《时代》周刊，就是两个在校学生办起来的。《深圳周刊》创办时的主要采编人员也是30岁左右，还有不少刚毕业的大学生。歌德有一首诗叫什么忘了，大意是说：你若失去了财产——你只失去了一点儿；你若失去了荣誉——你就失掉了很多；你若失去了勇敢—— 你就把一切都失掉了。反过来说，你们后生可畏，有勇气，便保有了一切。希望看到在座的同学，毕业以后有人干起了周刊，出现这样的人才。

　　三个小时连堂，只休息了10分钟，耽搁同学们的时间了。

　　谢谢大家。

《深圳周刊》部分老友 16 年后重聚